美食家

陆文夫 著

台海出版社

图书在版编目（CIP）数据

美食家 / 陆文夫著 . —北京：台海出版社，2019.7
ISBN 978-7-5168-2363-7

Ⅰ . ①美… Ⅱ . ①陆… Ⅲ . ①中篇小说－中国－当代
②短篇小说－小说集－中国－当代 Ⅳ . ① I247.7

中国版本图书馆 CIP 数据核字（2019）第 091433 号

美食家

著　　者：陆文夫

责任编辑：王　艳　　　责任印制：蔡　旭

出版发行：台海出版社
地　　址：北京市东城区景山东街 20 号，邮政编码：100009
电　　话：010-64041652（发行，邮购）
传　　真：010-84045799（总编室）
网　　址：www.taimeng.org.cn/thcbs/defau1t.htm
E-mail：thcbs@126.com

经　　销：全国各地新华书店
印　　刷：三河市天润建兴印务有限公司
本书如有破损、缺页、装订错误，请与本社联系调换

开　本：880×1230　　　1/32
字　数：200 千字　　　　　　印　张：8
版　次：2019 年 7 月第 1 版　　印　次：2019 年 7 月第 1 次印刷
书　号：ISBN 978-7-5168-2363-7

定　价：39.80 元

CONTENTS
目　录

001 — 美食家

133 — 享　福

175 — 故事法

227 — 临街的窗

美食家

吃和小引

美食家这个名称很好听，读起来还真有点美味！如果用通俗的语言来加以解释的话，不妨了：一个十分好吃的人。

好吃还能成家！这是我万万没有想到的。想到的事情往往不来，没有想到的事情却常常就在身边；硬是有那么一个因好吃而成家的人，像怪影似的在我的身边晃荡了四十年。我藐视他，憎恨他，反对他，弄到后来我一无所长，他却因好吃成精而被封为美食家！

首先得声明，我决不一般地反对吃喝。如果我自幼便反对吃喝的话，那么，我呱呱坠地之时，也就是一命呜呼之日了，反不得的。可是我们的民族传统是讲究勤劳朴实，生活节俭，好吃历来就遭到反对。母亲对孩子从小便进行"反好吃"的教育，虽然那教育总是以责骂的形式出现："好吃鬼，没有出息！"好吃成鬼，而且是没有出息的。孩子羞孩子的时候，总是用手指刮着自己的脸皮："不要脸，馋痨坯；馋痨坯，不要脸！"因此，怕羞的姑娘从来不敢在马路上啃大饼油条；戏台上的小姐饮酒时总是用水袖遮起来的。我从小便接受了这种"反好吃"的教育。因此对饕餮之徒总有点瞧不起。特别是碰上那个自幼好吃，如今成"家"的朱自冶以后，我见到了好吃的人便像醋滴在鼻子里。

朱自冶是个资本家，地地道道的资本家，绝不是错划的。有人说资本家比地主强，他们有文化，懂技术，懂得经营管理。这话我也同意。可这朱自冶却是个例外，他是房屋资本家，我们这条巷子里的房屋差不多全是他的。他剥削别人没有任何技术，只消说三个字："收房钱！"甚至连这三个字也用不着说，因为那收房钱的事儿自有经纪人代理。房屋资本家大概总懂得营造术吧，这门技术对社会也是很有用的。朱自冶对此却是一窍不通，他连自家究竟有多少房屋，坐落在哪里，都是糊里糊涂的。他的父亲曾经是一个很精明的房地产商人，抗日战争之前在上海开房地产交易所，家住在上海，却在苏州买下了偌大的家私。抗日战争之初，一个炸弹落在他家的屋顶上，全家有一幸免，那就是朱自冶，他是到苏州的外婆家来吃喜酒的。朱自冶因好吃而幸存一命，所以不好吃便难以生存。

我认识朱自冶的时候，他快三十岁了。别以为好吃的人都是胖子，不对，朱自冶那时瘦得像根柳条枝儿似的。也许是他觉得自己太瘦，所以才时时刻刻感到没有吃够，真正胖得不能动弹的人，倒是不敢多吃的。好吃的人总是顾嘴不顾身，这话却有点道理。尽管朱自冶有足够的钱来顾嘴又顾身，可他对穿着一事毫无兴趣。整年穿着半新不旧的长袍大褂，都是从估衣店里买来的；买来以后便穿上身，脱下来的脏衣服却"忘记"在澡堂里。听说他也曾结过婚，但是他的身边没有孩子，也没有女人。只有一次，看见他和一个妖冶的女人合坐一辆三轮车在虎丘道上兜风，后来才知道，那女人是顾不到车，请求顺带的，朱自冶也毫不客气地叫那女人付掉一半车钱。

朱自冶在上海的家没了，独自住在苏州的一栋房子里。这房子是20世纪20年代末期的建筑，西式的，有纱门、纱窗和地毯，还有全套的卫生设备。晒台上有两个大水箱，水是用电泵从井里抽上来的。这座两层楼的小洋房坐落在一个大天井的后面，前面是一排六间的平房，门堂、厨房、马达间、储藏室以及用人的住所都在这里。

因为我的姨妈和朱自冶的姑妈是表姐妹，所以在抗战后期，在我的父亲谢世之后，我们一家便搬进朱自冶的住宅，住在前面的平房里。不出房钱，尽两个义务：一是兼做朱自冶的守门人，二是要我的妈妈帮助朱自冶料理点家务。这两个义务都很轻松，朱自冶早出晚归，没家没务，从来也不要求我妈妈帮他干什么。倒是我的妈妈实在看不过去，要帮他拆洗被褥，扫扫灰尘，打开窗户。他不仅不欢迎，反而觉得不胜其烦，多此一举。因为家在他的概念中仅仅是一张床铺，当他上铺的时候，已经酒足饭饱，靠上枕头便打呼噜。

朱自冶起得很早，睡懒觉倒是与他无缘，因为他的肠胃到时便会蠕动，准确得和闹钟差不多。眼睛一睁，他的头脑里便跳出一个念头："快到朱鸿兴去吃头汤面！"这句话需要做一点讲解，否则的话只有苏州人，或者是只有苏州的中老年人才懂，其余的人很难理解其中的诱惑力。

那时候，苏州有一家出名的面店叫作朱鸿兴，如今还开在怡园的对面。至于朱鸿兴都有哪些花式面点，如何美味等我都不交代了，食谱里都有，算不了稀奇，只想把其中的吃法交代几笔。吃还有什么吃法吗？有的。同样的一碗面，各自都有不同的吃法，美食家对此是颇有研究的。比如说你在朱鸿兴的店堂里一坐："喂！（那时不叫同志）来一碗××面。"那跑堂的为什么要稍许一顿呢，他是在等待你吩咐吃法：硬面，烂面，宽汤，紧汤，拌面；重青（多放蒜叶），免青（不要放蒜叶），重油（多放点油），清淡点（少放油），重面轻浇（面多些，浇头少点），重浇青面（浇头多，面少点），过桥（浇头不能盖在面碗上，要放在另外的一只盆子里，吃的时候用筷子搛过来，好像是通过一顶石拱桥才跑到你嘴里）……如果是朱自冶在朱鸿兴的店堂里一坐，你就会听见那跑堂的喊出一连串的切口："来哉，清炒虾仁一碗，要宽汤，重青，重浇要过桥，硬点！"

一碗面的吃法已经叫人眼花缭乱了，朱自冶却认为这些还不是主要的；最重要的是要吃"头汤面"。千碗面，一锅汤。如果下到一千碗的话，那面汤就糊了，下出来的面就不那么清爽、滑溜，而且有一股面汤气。朱自冶如果吃下一碗有面汤气的面，他会整天精神不振，总觉得有点什么事儿不如意。所以他不能像奥勃洛摩夫那样躺着不起床，必须擦黑起身，匆匆盥洗，赶上朱鸿兴的头汤面。吃的艺术和其他的艺术相同，必须牢牢地把握住时空关系。

朱自冶揉着眼睛出大门的时候，那个拉包月的阿二已经把黄包车拖到了门口。朱自冶大模大样地往车上一坐，头这么一歪，脚这么一踩，叮当一阵铃响，到朱鸿兴去吃头汤面。吃罢以后再坐上阿二的黄包车，到阊门石路去蹲茶楼。

苏州的茶馆到处都有，那朱自冶为什么独独要到阊门石路去呢？有讲究。那爿大茶楼上有几个和一般茶客隔开的房间，摆着红木桌、大藤椅，自成一个小天地。那里的水是天落水，茶叶是直接从洞庭东山买来的；煮水用瓦罐，燃料用松枝，茶要泡在宜兴出产的紫砂壶里。吃喝吃喝，吃与喝是一个不可分割的整体，凡是称得上美食家的人，无一不是陆羽和杜康的徒弟。

朱自冶登上茶楼之后，他的吃友们便陆续到齐。美食家们除掉早点之外，绝对不能单独行动，行动时最少不能少于四个，最多不得超过八人，这是由吃的内涵决定的，因为苏州菜有它一套完整的结构。比如说开始的时候是冷盆，接下来是热炒，热炒之后是甜食，甜食的后面是大菜，大菜的后面是点心，最后以一盆大汤做总结。这台完整的戏剧一个人不能看，只看一幕又不能领略其中的含义。所以美食家们必须集体行动。先坐在茶楼上回味昨天的美食，评论得失，第一阶段是个漫谈会。会议一结束便要转入正题，为了慎重起见，还不得不抽出一段时间来讨论今日向何方，是到新聚丰、义昌福，还是到松鹤楼？如果这些地方都吃腻了，他们也结伴远行，每人雇上一辆黄包车，或者是四人合乘一辆马车，浩浩荡荡，马蹄声碎，到木渎的石家饭店去吃鲃肺汤，到枫桥镇上吃大面，或者是到常熟去吃叫花鸡……可惜我不能把苏州和它近郊的美食写得太详细，生怕因此而为苏州招来更多的会议，小说的副作用往往难以料及。

与我有涉

如果朱自冶仅仅自我吃喝而与我无关的话，我也不会那么强烈地厌恶他。他当他的美食家，我当我的穷学生，本来是能够平安相处的。可是我在前面的一节中说到朱自冶吃早点，吃中饭，他还有一顿晚饭没有吃哪！

朱自冶吃罢中饭以后，便进澡堂去了。他进澡堂并不完全是为了洗澡，主要是找一个舒适的地方去消化那一顿丰盛的筵席。俗话说饿了打瞌睡，吃饱跑勿动。朱自冶饱餐一顿之后双脚沉重，头脑昏迷，沉浸在一种满足、舒畅而又懒洋洋的神仙境界里。他摇摇晃晃地坐上阿二的黄包车，一阵风似的拉到澡堂里，好像是到医院里挂急诊似的。

朱自冶进澡堂只有举手之劳，即伸出手来撩开门帘。门帘一掀，那坐账台的便高声大喊："朱经理来哉！"天晓得，朱自冶哪一天当过经理的，对资本家应该喊一声老板才对。不过，老板这种尊称那时已经不时髦了。一是缺少点洋味，二是老板有大有小，开爿夫妻老婆店也能叫作老板的。经理就不同了，洋行经理，公司经理，买卖大，手面阔，给起小费来绝不是三块两块的，五十元的关金券用不着找零头！所以那跑堂的一听到朱经理来哉，立刻有两个人应声而出，一边一个，几乎是把个朱自冶抬到头等房间里。这头等房间也和现在的高级招待所有点相似，两张铺位，一个搪瓷澡盆，有洗脸池，有莲蓬头。只是整个的面积比较小，也没有空调设备。不碍，冬天有蒸汽，夏天有一只华生老牌的大吊扇，四块木板在头顶上旋个不歇。

朱自冶在房间里一坐，就像重病号到了病房里，一切都用不着自己动手。跑堂的来献茶，擦背的来放水，甚至连脱鞋也用不着自己费力。朱自冶也不愿费力，痴痴呆呆地集中力量来对付那只胃，他觉得吃是一种享受，可那消化也是一种妙不可言的美，必须潜心地体会，不能被外界的事物来分散注意力。集中精力最好的方法就是泡在温水里，这时候四大皆空，万念俱寂，只觉得那胃在轻轻地蠕动，周身有一种说不出的舒坦和甜美，这和品尝美食有异曲同工之妙，但是二者不能相互代替。他就这么四肢不动，两眼半闭地先在澡盆里泡上半个钟头。泡得迷迷糊糊、昏昏欲睡的时候，那擦背的背着一块大木板进来了。他把朱自冶从澡盆里拉出来，把木板向澡盆上一盖，叫朱自冶躺上"手术台"，开始了他那擦背的作业。读者诸君切不可把"擦背"二字做狭义的理解，好像擦背就是替人擦洗身上的污垢。不对，朱自冶天天一把澡，有什么可擦的？这擦背对他来说实在是一种古老的按摩术，是被动式的运动。饭后百步走被认为是长寿之道，但是奉行此道者需要自己迈开腿。擦背则不同，只消四肢松弛地躺在"手术台"上，任人上摩下擦，伸拳屈腿，左转右侧，放倒扶起，同样收到运动的功效，却用不着自己花力气。真正的美食家必须精通消化术，如果来个食而不化，那非但不能连续工作，而且也十分危险！

朱自冶的此种运动时间也不太长，大体上不超过半个钟头。然后便在卧榻上躺下，开始那一整套的繁文缛节，什么捏脚、拿筋、敲髀、捶腿。这捶腿是最后的一个节目，很可能和催眠术有点关系，朱自冶在轻轻的拍打中，在那清脆而有节奏的响声中心旷神怡，渐渐入睡。这一觉起码三个钟头，让那胃中的食物消化干净，为下一顿腾出地方。

当朱自冶快要醒来时，我也从学校里下学归来。书包一放，妈妈便来关照：

"今天还在元大昌，快去！"

妈妈的话只有我懂，那朱自冶还有一顿晚饭没有吃哪！

朱自冶吃晚饭也是别具一格，也和写小说一样，下一篇绝不能雷同于上一篇。所以他既不上面馆，也不上菜馆，而是上酒店。中午的一顿饭他们是以品味为主，用他们的术语来讲叫"吃点味道"。所以在吃的时候最多只喝几杯花雕，白酒滴酒不沾，他们认为喝了白酒之后嘴辣舌麻，味觉迟钝，就品不出那滋味之中千分之几的差别！晚上可得开怀畅饮了，一醉之后可以呼呼大睡，免得饱尝那失眠的苦味，因此必须上酒店。

苏州的酒店卖酒不卖菜，最多备有几碟豆腐干、兰花豆、辣白菜之类。孔乙己能有这些便行了，君子在酒不在菜嘛。美食家则不然，因为他们比君子有钱，酒要考究，菜也是马虎不得的。既不能马虎，又不能雷同，于是他们便转向苏州食品中的另一个体系——小吃。提到苏州的小吃我又不愿多写了，除掉如前所述的原因外，还因为它会勾起我一段痛苦的回忆，我被一个我所厌恶的人随意差遣！

苏州的小吃不是由哪一爿店经营的，它散布在大街小巷、桥堍路口。有的是店，有的是摊，有的是肩挑手提沿街叫卖的。如果要以各种风味小吃来下酒的话，那就没有一个跑堂的能对付得了，必须有个跑街的到四下里去收集。也许是我的腿长吧，朱自冶便来和我妈商议：

"你家高小庭蛮机灵，阿好相帮我做点事体，我也勿会亏待伊。"

妈妈当然答应啰，她住了人家的房子不给钱，又没有什么家务可料理，心里老是过意不去，巴不得能为朱自冶做点事，以免良心受责备。可怜的妈妈不知道"剥削"二字，只承认现存的社会法规。她教育儿子不能好吃，却对朱自冶的好吃不加反对，她认为那是一种"吃福"，好吃与吃福是两回事体。可我却把它当作一回事，怎么也不愿意替朱自冶当跑街的。堂堂的一个高中生怎么能去给一个好吃鬼当小厮呢！

妈妈又哭了，父亲谢世后家境贫困，是靠我的大哥当远洋水手挣点钱："去吧小庭，我们头顶人家的天，脚踏人家的地，住了人家的房子不出房租，又不缴水电费，算起来相当于全家的伙食费。只要朱经理说个'不'字，你就念不成书，我们一家就会住在露天里。只怪你爸爸走得早啊，我求求你……"

我只好忍辱负重，每天提着个竹篮去等候在酒店的门口。等到华灯初上，霓虹灯亮满街头的时候，朱自冶和他的吃友们坐着黄包车来了。一长串油光锃亮的黄包车，当当地响着铜铃，哇哇地揿着喇叭，像游龙似的从人群中夺路而来，在酒店门口徐徐地停下。他们一个个洗得干干净净，浑身散发着香皂味，满面红光，春风得意。朱自冶的黄包车总是走在前面，车夫阿二也显得特别健壮而神气。阿二替朱自冶掀掉膝盖上的毡毯，朱自冶一跃落地，轻松矫捷。在酒店门口迎接他们的不是老板，也不是跑堂的，而是两排衣衫褴褛，满面污垢，由叫花子组成的仪仗队。乞丐们双手向前平举，嘴中喊着老爷，枯树枝似的手臂在他的左右颤抖。朱自冶似乎早有准备，手一扬，一张小票面的钞票飞向叫花子头头："去去。"

叫花子的头头把手一扬，叫花子们呼啦一声散开，我这个手提竹篮、倚门而立、饥肠辘辘的特殊叫花子便到了朱自冶的面前。这个叫花子所以特殊，因为他知道一点地理历史，自由平等，还读过三民主义；他反对好吃，还懂得人的尊严。当叫花子呼啦一声散开而把我烘托出来的时候，我满腔怒火，汗颜满面，恨不得要把手中的竹篮向朱自冶砸过去！可是我得忍气吞声地从朱自冶的手中接过钞票，按照他的吩咐到陆稿荐去买酱肉，到马咏斋去买野味，到五芳斋去买五香小排骨，到采芝斋去买虾子鲞鱼，到某某老头家去买糟鹅，到玄妙观里去买油汆臭豆腐干，到那些鬼才知道的地方去把鬼才知道的风味小吃寻觅……

我提着竹篮穿街走巷，苏州的夜景在我的面前交替明灭。这一边是高楼美酒，二黄西皮，那霓虹灯把铺路的石子照得五彩斑斓；那一边是街灯昏暗，巷子里像死一般的沉寂，老妇人在垃圾箱旁边捡菜皮。这里是杯盘交错，名菜陆陈，猜拳行令；那里却有许多人像影子似的排在米店门口，背上有用粉笔编写着的号码，在等待明天早晨供应配给米。这里是某府喜事，包下了整个的松鹤楼，马车、三轮车、黄包车在观前街上排了一长溜。新娘子轻纱披肩，长裙曳地，出入者西装革履、珠光宝气。可那玄妙观的廊檐下却有一大堆人蜷缩在麻袋片里，内中有的人也许就看不到明天……"朱门酒肉臭，路有冻死骨。"这句众所周知的诗句常在我的头脑里徘徊。

朱自冶倒是不肯亏待我，常常把买剩的零钱塞在我的口袋里："拿去！"那种神情和给叫花子是差不多的。

我睁眼、僵立，感到莫大的屈辱。

"拿去吧，是给你奶奶买肉吃的。"

侮蔑被辛酸融化了。我是有个老祖母，是她把我从小带大的，那时已经六七十岁，满嘴没牙，半身不遂，头脑也不是那么清楚的。可是她的胃口很好，天天闹着要吃肉，特别是陆稿荐的腐乳酱方，那肉入口就化，香甜不腻。她弄不清楚物价与货币的情况，在她的头脑中一切都是以铜板和银圆计算的。她只知我的哥哥每月要寄回来几千块钱（能买一百多斤米），为什么不肯花二十六个铜板给她称一斤肉回来呢？三百个铜板才合一块钱！她把这一切都归罪于我的妈妈，骂她忤逆不孝，克扣老人。而且牵牵连连地诉述着陈年八代的婆媳关系，一面骂一面流眼泪。妈妈怎么解释也没用，只好一面在配给米里拣石子，一面把眼泪洒在淘米箩里。我在这两条泪河之间把心都挤碎！

当我用朱自冶的零钱买回几块肉来，端到奶奶的床前时，她一面吃，一面哭，一面用颤颤巍巍的手抚摸着我的头："好孙子，还是你孝顺，奶奶没有白带你……"

我一听这话眼泪便簌簌地往下流，我想大哭，大喊，问苍天！可是我拼命地哽住喉咙，俯伏在奶奶的床头，把头埋在棉被里。既然在侮蔑中把钱接过来，为什么不能让奶奶得到一点安慰！

"上有天堂，下有苏杭"啊！这句老话不知道谁发明的，而且大言不惭地把苏州放在杭州的前面。据说此种名次的排列也有考究，因为杭州是在南宋偏安以后才"暖风熏得游人醉，直把杭州作汴州"。而苏州在唐代就已经是"十万夫家供课税,五千子弟守封疆"了。到了明代更是"翠袖三千楼上下,黄金百万水东西"。近百年间上海崛起,在十里洋场上逐鹿的有识之士都在苏州拥有宅第,购置产业,取其进可以攻,退可以守。苏州不是政治经济的中心,没有那么多的官场倾轧和经营的风险;又不是兵家的必争之地,吴越以后的两千三百多年间,没有哪一次重大的战争是在苏州发生的;有的是气候宜人,物产丰富,风景优美。历代的地主官僚,富商大贾,放下屠刀的佛,怀才不遇的文人雅士,人老珠黄的一代名妓,等等,都喜欢到苏州来安度晚年。这么多有钱有文化的人集中在一起安居乐业,吃喝和玩乐是不可缺少的,这就使苏州的园林可以甲天下,那吃的文化也是登峰造极!风景不能当饭,天天看了也乏味,那吃却是一日三顿不可或缺的。苏州所以能居于天堂之首,恐怕主要是因为它的美食超过了杭州。这也许是苏州人的骄傲吧,可我那时简直觉得这是一种罪恶,是人间最最不平的表现!我不知道地狱里可有"天堂",可我知道天堂里确有"地狱",而且绝大多数的人都在地狱的边缘徘徊。说老实话,当我开始信仰共产主义的时候,我没有读过《资本论》,也没有读过《共产党宣言》,多半是由朱自冶他们促成的;他们使我觉得一切说得天花乱坠的主义都没有用，只有共产才能解决问题！如果共掉了朱自冶的房产，看他还神气不神气！

我偷偷地唱着一支从北平传来的歌：

山那边呀好地方，

穷人富人都一样，

你要吃饭得做工呀，

没人为你做牛羊。

……

这支歌的曲调很简单，唱起来也不用尖起嗓门儿费死力，可它却使我从"朱门酒肉臭，路有冻死骨"中找到了出路，出路就在山那边！

我决定到解放区去了，那已经是1948年的冬天。我不知道解放区的形势，总以为国民党还很强大，还有美国的原子弹什么的。无产阶级要夺取全国胜利，恐怕还要经过几年、几十年的浴血奋斗！我读过《铁流》与《毁灭》，知道革命的艰难困苦，知道那是血与火的洗礼。所以当时的心情很悲壮，准备去战死沙场。"风萧萧兮易水寒，壮士一去兮不复还！"当时的心情很有点像荆轲辞别高渐离。

我的高渐离便是苏州。是这个美丽而又受难的城市叫我去战斗！临行之前我上了一趟虎丘山，站在虎伏阁上把这美丽的城市再看一遍：再见吧，你的儿子将用血来洗尽你身上的污垢！傍晚，我照样去替朱自冶买小吃，照样买了一块乳腐酱方送到奶奶床前：吃吧，奶奶，孙子从屈辱中接过钱来为你买肉，这恐怕是最后的一回！我的判断没有错，当奶奶发觉最孝顺的孙子失踪之后，她哭喊了三天便与世永别。

年轻时的记忆多么深刻啊！"文化大革命"期间的挂牌、游街、屈辱、受罪如今已经淡忘了，仿佛那是一场不屑一顾的游戏。可是三十多年前离乡别井，暗中告别亲人，向着黑暗猛冲的情景却点滴不漏地保存在记忆里。也许我是欢喜记着光荣而忘掉屈辱吧，可又为什么不把三四十年前的屈辱也忘记？每当我在电影或者电视中看到受伤的战士从血泊中爬起来，举起枪，高喊着报仇的口号向敌人猛扑过去的时候，我的心便会向下一沉，两眼含着泪水。虽然这种镜头看得太多了也觉得老一套，可是这种话我不许孩子们说，孩子们一说我就要骂："小赤佬，你懂什么东西！"

快乐的误会

没想到我进入解放区已经太晚了，淮海战场上的硝烟已经消散，枪炮声已经沉寂，解放区的军民已经沉浸在欢乐的高潮中，准备打过长江去！我们这些从蒋管区去的学生被半路截留，被编入干部队伍随军渡江去接管城市。我从苏州来，当然应该回到苏州去，因为我熟悉那里的大街小巷以及那种好听而又十分难懂的语言，带个路也方便。至于回到苏州去干什么，谁也没有考虑，如果那时有人提出什么前途、专业、工资、房子等等，我们这一伙"小资产"便会肯定他是国民党派来的！革命就是革命，干什么都可以，随便。我们的组织部部长却不肯随便，一定要根据个人的特长和兴趣来分配，因此就出现了十分快乐的场面：

组织部部长把我们二十多个学生兵召集到一个祠堂里。祠堂的正中摆放着方桌，桌上放着档案和纸笔，二十多人分坐在两边。

组织部部长是个大知识分子，早年毕业于交通大学的机械系。他对我们这些小知识分子十分熟悉："现在要给大家分配工作了，组织上尽量照顾个人的特长和志愿，希望你们在回答问题之前好好地考虑，分定之后就不许犯自由主义。"

当时的气氛本来很严肃，却被我的老同学，诨名叫丁大头的人弄得豁了边。丁大头的头其实也不大，可是他的知识很广博，天文、地理、历史、哲学，他样样都懂一点。因为他的脑子里包容的东西太多，所以看起来他的头好像比平常人大了点。他第一个被部长叫起来：

"你想干什么呢？"

"随便。"丁大头回答得很爽气。

部长翻了翻眼睛："随便是个什么东西？说得具体点。"

"具体点……那也随便。"

人们哄堂大笑了："他什么都懂，可以随便。"

部长也笑了，翻翻档案："什么都懂的人到什么地方去呢？……我问你，你对什么东西最感兴趣？"

"看书。"

"那你为什么不早说呀，到新华书店去。"

丁大头被一句定终身，后来在某地的新华书店当经理，而且是个很称职、很懂行的经理。

第二个被叫起来的是个女同学，苏州姑娘，长得很美，粗布的列宁装和八角帽使得她在秀丽中透出矫健的气息。

部长向她看了一眼便问："你会唱歌吗？"

"会。"

"来一段《白毛女》试试。"

"北风那个吹……"女同学拉开嗓子便唱。那时我们天天唱歌，谁也不会忸怩。

"好了，好了，到文工团去！"

这位女同学的命运也不坏，"文化大革命"前唱民歌，很有点名气。如今听不见她唱了，这小老太婆可能是在哪里教徒弟。

轮到我的时候便糟了，我怎么也想不起最喜欢什么，除掉反对好吃之外，我好像对什么都欢喜。我没有任何特长，连唱起歌来都像破竹子敲水缸。

部长等得不耐烦了："难道你一样事情都不会干？"

"会会，部长，我会替人家买小吃，熟悉苏州的饮食店。"我绝不能承认万事不通呀，可这一通便出了问题。

"挺好，干商业工作去，苏州的食品是很有名的。"

"不不，部长，我对吃最讨厌！"

"你讨厌吃？很好，我关照炊事班饿你三天，然后再来谈问题！下一个……"

完了，命运在一阵哄笑声中决定了。可我当时并不懊丧，也不想犯自由主义，扬子江在怒号，南岸的人民在呼喊，要拯救劳苦大众于水深火热之中，要推翻那人吃人的旧社会，再也不能让朱自冶他们那种糜烂的、寄生虫式的生活延续下去！朱自冶呀，朱自冶，这下子可由不得你了。我们绝不会让你饿肚子，至少得让你支起个炉灶来烧东西。也不能老是让阿二拉着你，你自己有两只脚，应该是会走路的。

风萧萧兮易水寒，壮士一去兮又复还。我又回到苏州来了，几经转折之后又住在朱自冶的门前。朱自冶对我刮目相看了，他称我同志，我喊他经理；他老远便掏出三炮台香烟递过来，我连忙摸出双斧牌香烟把它挡回去。别跟我来这一套，你那高级烟浸透了人民的血汗，抽起来有股血腥味。朱自冶在解放之初有点儿心虚，生怕共产党会把他关进监牢，那牢饭可不是好吃的！

隔了不久，朱自冶便镇定自若了，因为我们取缔妓女，禁鸦片，反霸，镇反，一直到"三反五反"都没有擦到他的皮。他不抽鸦片不赌钱，对妓女更无兴趣，除掉好吃之外什么事儿也没干过。镇反挨不上他，他不开工厂不开店，谈不上五毒俱全和偷税漏税。所以他经常竖起大拇指对我说："共产党好，如今没有强盗没有小偷，没有赌场没有烟铺，地痞、流氓、妓女都没有了，天下太平，百姓安定，好得很！"他说的可能是真话，可我把他上下打量，心里想，你为什么不说没有赌吃嫖喝呢？赌和嫖你沾不上，吃和喝你是少不了的。等着吧，现在是新民主主义！

朱自冶并没有消极地等待，还是十分积极地吃东西，照样坐着阿二的黄包车上面店，上茶楼，照样找到另一个人帮他跑街买吃的。

那时候我的工作很紧张，没有什么上下班的时间，也没有星期天，没早没晚地干，运动紧张的时候便睡在办公室里。可那朱自冶比我还积极，我起床的时候他已经坐着黄包车走了；我睡得迷迷糊糊的时候才听见他的黄包车到了门前。他每逢到家的时候都要踩一下铃铛。那铜铃的响声在深夜的小巷里像打锣似的。他有时候也不回家，仲夏之夜吃饱了老酒，干脆就睡在公园的凉亭里，那里风凉，还有一阵阵广玉兰的香气。他渐渐地胖起来了，居然还有个小肚子挺在前面。妈妈对他说："朱经理，你发福了，人到了四十岁左右都会发胖的。"可他却说："不对，我这是心宽体胖。现在用不着担心那些强盗和流氓了，别看我有几个钱，从前的日子也是很难过的。生日满月，四时八节，我得给人家送礼，一不小心得罪了人，重则被人家毒打一顿，轻则被人家向黄包车上掷粪便。就说那个上饭店吧，以前也是提心吊胆的。有一次我们几个人吃得正高兴，忽然有个人走到我们的房间里，要我们让座位。我不知道他是什么人，拌了几句嘴，结果得罪了流氓头子，被他的徒子徒孙们打了一顿，还罚了四两黄金的手脚钱！现在好了，那些家伙都看不见了，有的进了司前街（苏州的监狱所在地），有的到反动党团特登记处登了记，一个个都缩在家里。饭店里也清净多了，人少东西多，又便宜，我吃饱了老酒照样可以在公园里打瞌睡，用不着防小偷！"朱自治拍拍小肚子："你看，我怎么能不发胖呢！"

我听了朱自治的话直翻眼，怎么也没有想到，革命对他来说也含有解放的意义！

当我深夜被朱自治的铃声惊醒之后，心头便升起一股烦恼，这苏州怎么还是他们的天堂？劳苦大众获得解放的时候，那寄生虫也会乘汤下面，养得更肥！我没有办法触动朱自治，可我现在有了公开宣传共产主义的权利，便决定首先去鼓动拉黄包车的阿二。

美食家

　　阿二住在巷子的头上，在那口公井的旁边。他和我差不多的年纪，却比我生得高大、漂亮、健壮。小时候我和他在巷子里踢皮球，皮球踢上房顶之后总是他去爬屋面。他的老家在苏北，父亲也是拉车的；父亲拉不动了才由儿子顶替。阿二每天给朱自冶拉三趟，其余的时间可以另找生意。他的那辆车是属于"包车"级的，有皮蓬，有喇叭，有脚踏的铜铃，冬春还有一条毡毯盖住坐车者的膝头。漂亮的车子配上漂亮的车夫，特别容易招揽生意。尤其是那些赶场子的评弹女演员，她们脸施脂粉，细眉朱唇，身穿旗袍，怀抱琵琶，那是非坐阿二的车子不可的。阿二拉着她们轻捷地穿过闹市，喇叭嘎咕嘎咕，铜铃叮叮当当，所有的行人都要向她们行注目礼。即使到了书场门口，阿二也不减低车速，而是突然夹紧车杠，上身向后一仰，嚓嚓掣动两步，平稳地停在书场门口的台阶前，就像上海牌的小轿车戛然而止似的。女演员抱着琵琶下车，腰肢摆扭，美目流眄，高跟鞋橐橐几声，便消失在书场的珠帘里。那神态有一种很高雅的气派，而且很美。试想，如果一个标志的女演员，坐上一辆破旧的硬皮黄包车，由一个佝偻蹒跚的老人拉着，吱吱嘎嘎地来到书场门口，那还像个什么样子呢！有什么美感呢？人们由于在生活中看不到、看不出美好与欢乐，才甘心情愿地花了钱去向艺术家求教的。

由于上述的种种原因，所以那阿二虽然是拉黄包车的，家庭生活还是过得去的。我去动员的时候，他们一家正在天井里吃晚饭。白米饭，两只菜，盆子里还有糟鹅和臭豆腐干，他的老父亲端着半斤黄酒在吱吱咂咂的。我寒暄了几句之后便转入正题：

"阿二，现在解放了，你觉得怎么样呢？"

阿二是个性情豪爽的人，毫不犹豫地说出了他的体会：

"好，现在工人阶级的地位高了，没有人敢随便地大骂，也没有人敢坐车不给钱。"

我听了把嘴一撇："哎呀，你怎么也只是看到这么一点点，工人阶级是国家的主人，绝不是给人家当牛做马的！"

"我没有给人家当牛做马呀！"

"还没有，你是干什么的？"

"拉车。"

"好了，从古到今的车子，除掉火车与汽车之外，都是牛马拉的！"

"那小板车呢？"

"那……那是拉货的，不是拉人的，人人都有两条腿，又没病又不残，为什么他可以架起二郎腿高坐在车子上，而你却像牛马似的奔跑在他的前面！这能叫平等吗？你能算主人吗？还讲不讲一点儿人道主义！”

阿二吸了一口气：“嘘，这倒是真的。”

阿二的爸爸叹了口气：“没有办法呀，他给钱。”

“钱！……”我把“钱”的字音拉了个高低，表示一种轻蔑，“你可知道朱自冶他们的钱是从哪里来的？他们榨取了劳动人民的血汗，你拿了一点血汗钱之后又把他服侍得舒舒服服的！”

阿二的眉毛竖起来了：“可不，那家伙坐车很挑剔，又要快，又怕颠。”

我趁热打铁了：“问题还在于朱自冶哪，我们年轻人的目光要放远点，你看人家苏联……”我滔滔不绝地讲起苏联来了，就和现在的某些人谈美国似的，“苏联的工人阶级，一个个都是国家的主人，不管什么事儿，没有他们举手都是通不过的。他们的工作都是开汽车、开机器、开拖拉机，没有一个是拉黄包车的。”我向阿二爸爸的酒杯乜了一眼：“拉车弄几个钱也作孽，仅仅糊个嘴。人家苏联的工人都是住洋房，坐汽车，家里有沙发，还有收音机！半斤黄酒有什么稀奇，人家都喝伏特加哩！”

我的天啊，那时我根本不知道伏特加是什么，若干年后才喝了几口，原来像我们在粮食白酒里多加了点水！

阿二和他的爸爸更不知道伏特加为何物了，他们听到这个名词还是第一回。那老头还咂咂嘴，他以为伏特加是和茅台酒差不多的。

阿二也心动了："哦……呃，那才有奔头。爸爸，我们也不要拉车了，你也当了一世的牛马啦！"阿二当然不是为了伏特加，他是想开汽车。那时候，年轻的人力车工人最高的理想便是当司机。

阿二的爸爸把酒杯向上一竖："唏，快吃饭吧，吃完了早点睡，明天一早要去拉朱自冶上面店。"白搭，我说了半天他等于没听见。老头儿的思想保守，随他去！

我抓住阿二不放，约他到我家来玩，继续对他讲道理，而且现身说法，拿自己作比："你看我，高中毕业的时候，有个同学约我到西山去当小学教员，每月三担米，枇杷上市吃枇杷，杨梅上市吃杨梅，不要钱。还有个同学约我到香港去上大学，他的爸爸在香港当经理，答应每月给我八十块钱港币，毕业以后就留在他的公司当职员。我为什么不去哪，人活着不都是为了吃饭，更不能为了吃饭就替资本家当牛马！"除了讲道理以外，我还借了一大堆《苏联画报》给他看，对他进行形象化的教育，说明我们青年人要为这么一种伟大的理想去奋斗。说实在的，我所以能讲苏联如何如何，也都是从画报里看来的，画报总是美丽的！

阿二的觉悟果然提高了，也和他的父亲闹翻了，坚决不再拉车，要另找职业。我在旁边使劲儿打气："好，你这一步走得对，最好是进厂，当产业工人去！"

隔了不久，阿二垂头丧气地来找我："我把苏州都跑穿了，别说工厂啦，连饭店都不收跑堂的！"

我连忙说："千万要坚持，不要泄气。"

"气倒没有泄，可是肚皮不争气，没饭吃了！"

我听了也着急："啊，这是个严重的问题，再克服一下，我去帮你想想办法。"

我给了阿二几个钱，立刻到民政局去找一位同志，他是和我一起渡江过来的。

那位同志一听就咂嘴："你这位老兄毛里毛躁的，做事也不考虑考虑，现在有些资本家消极怠工，抽逃资金，工厂不关门就算好的了，你还想到那里去找职业？"

"好好，我检讨。可你总不能见死不救呀，想想办法吧。"

那位同志沉吟了下："这样吧，我正在搞失业工人登记，准备以工代赈，先解决他们的吃饭问题。"

以工代赈的项目是疏浚苏州城里的小河浜，这个工作很辛苦，但很有意义。旧社会给我们留下了很多污泥浊水，我们要把浊水变清流，使这个东方的威尼斯变得名副其实，使这个天堂变得更加美丽，这也是我们革命的一个方面。

阿二听说这也是革命工作，二话没说，不讲价钱，天天去挖污泥，抬石头，工作比拉车辛苦几倍，但是每天只有三斤米。

阿二的爸爸也没有办法，为了吃饭，只好在门口摆起一个卖葱姜的小摊头。因为他家就住在公井的旁边，人们往往在洗菜的时候才发现忘了在菜场上买葱姜，所以生意还是不错的，只是那一碟糟鹅和半斤黄酒从此绝迹。那老头儿每天见到我时总是虎着眼睛把头偏过去。我的心里也有歉意，总是在暗中安慰着老头："老伯伯，你别生气，总有一天会喝上伏特加的！"我把老头儿的虎眼当作一根鞭子，每天抽一下自己："下劲儿干，争取社会主义的早日胜利！"每当我深夜拖着沉重的双腿走过这空寂无人的小巷时，都要看一看阿二家的窗口，默默地念叨："老伯伯，我高小庭总算对得起你，我没有怕苦，也没有怕累，我和你家阿二都在为明天而奋斗！"

为了阿二的事情，妈妈可生了我的气："你这个不识好歹的东西，朱经理哪一点亏待过我们？人家花钱坐车碍你个屁事呀，你硬要和人家作对，弄得阿二家衣食不周，弄得朱经理出入不便，早晚都要到街上去叫车，有时候淋得像个落汤鸡，你这个缺德的东西！"

我决不和妈妈争辩，解放以后再也不能让她流眼泪，何况她的道德观点和我也没法统一，她还相信三从四德，还认为京戏里的那种老家奴十分了不起。只是我听了妈妈的责骂以后，再也不敢去鼓动那个为朱自冶跑街买小吃的人了，那人是个老头，他挖不动污泥，更抬不动石头。

朱自冶对我也有感觉了，再也不喊我高同志，再也不请我抽香烟，在门口碰到我时便把头一低，擦身而去。看不出他的眼神，不知道他对我是恨呢，还是忌？不管怎么样，他的手里总算有了一样东西，一个草提包，包里有双套鞋，包口上横放着一把洋伞。他黎明出门时估不透天气，所以都带着雨具，以免叫不到车时淋成落汤鸡。我看了暗中高兴："你迟早得自食其力，应该一样一样地学会。"

鸣鼓而攻

也许是组织部部长在我的档案里写了点什么，所以我的工作转来转去都离不开吃的。全行业公私合营的时候派不出那么多的公方代表，我只好滥竽充数，被派到某个有名的菜馆里去当经理。

这个菜馆我很熟悉，但在解放前从来没有进去过，只是在门口看见有许多阔绰的人进进出出，看见有许多叫花子围在门前，看见那橱窗里陈列着许多好吃的东西，在霓虹灯的照耀下使人馋涎欲滴。我读过安徒生的童话《卖火柴的小女孩》，总觉得那个卖火柴的小女孩就是死在这个菜馆的橱窗前。我进店的时候正是冬天，天也常常飘雪，早晨踏着积雪跑到店门口时，我的心便突然紧缩，生怕真的有个卖火柴的女孩倒在那里，火柴梗儿撒满了一地。

我在店里也坐不稳，特别看不惯那种趾高气扬和大吃大喝的行为。一桌饭菜起码有三分之一是浪费的，泔脚桶里倒满了鱼肉和白米。朱门酒肉臭倒变成是店门酒肉臭了，如果听之任之的话，那我还革命什么呢！

我首先发动全体职工讨论，看看我们这种名菜馆究竟是为谁服务的？到我们店里来大吃大喝的人，到底有多少是工人农民，有多少是地主官僚和资产阶级！用不着讨论，这不过是一种战斗的动员而已。每个职工都很清楚，农民不敢到我们的店里来，他们一看到那富丽堂皇的店面就害怕，不知道一顿要花几石米！还不如到玄妙观里去坐小摊，味道也不错，最多三毛钱。工人一生之中能来几回？除非他有特殊事体。可是谁都认识朱自治，都知道他们的吃法和口味。每一个服务员都背得出一大串老吃客的名单，在那长长的名单中没有一个是无产阶级。其中有几个高级职员的成分难以划定，据老跑堂的张师傅反映，他们有的是老板的亲戚，有的是老板手下的红人，而且都有股份。当然，每天来吃的人并不全是老顾客，你也不能叫所有的吃客都填登记表，写明前六项。可是，老的服务员对判断吃客的身份都很有经验，他们能从衣着、举止、神态，特别是从点菜的路数上看得出，来者绝大部分都不是工人农民，至少曾经有过一段并非工农的经历。

实行对私改造的那段时间，资本家的心情并不全是兴高采烈，也不都想敲锣打鼓，有些人从锣鼓声中好像看到了世界末日，纷纷到我们的店里来买醉。他们点足了苏州名菜，踞案大嚼，频频举杯。待到酒酣耳热时便掩饰不住了："朋友们，吃吧，吃掉他们拖拉机上的一颗螺丝钉！"这话是一种隐喻，因为那时候我们把拖拉机当作社会主义的标志。一讲到社会主义的农业便是像苏联那样，大农场，拖拉机。"吃掉他们拖拉机上的一颗螺丝钉！"当然是对社会主义不满，气焰嚣张，语气也是十分刻毒的！

我把收集的材料，再加上我对朱自冶他们的了解，从历史到现状，洋洋洒洒地写了一份足有两万字的报告，提出了我对改造饭店的意见，立场鲜明，言辞恳切，材料生动确凿，简直是一篇可以当作文献看待的反吃喝宣言！

领导们十分欣赏我的报告，立即批准在本店试行，取得经验后再推向全企业。

我放手大干了！

首先拆掉门前的霓虹灯，拆掉橱窗里的红绿灯。我对这种灯光的印象太深了，看到那使人昏眩的灯便想起旧社会。我觉得这种灯光会使人迷乱，使人堕落，是某种荒淫与奢侈的表现。灯红酒绿的时代早已一去不复返了，何必留下这丑恶的陈迹？拆！

店堂的款式也要改变，不能使工人农民望而却步。要敞开，要简单，为什么要把店堂隔成那么多的小房间呢，凭劳动挣来的钱可以光明正大地吃，只有喝血的人才躲躲闪闪。拆！拆掉了小房间也可以增加席位，让更多的劳动者有就餐的机会。

服务的方式也要改变。服务员不是店小二，是工人阶级，不能老是把一块抹布搭在肩膀上，见人点头哈腰，满脸堆笑跟着人家转来转去，抽下抹布东揩西拂，活像演京戏。大家都是同志嘛，何必低人一等，又何必那么虚伪！碗筷杯盏尽可以放在固定的地方，谁要自己去取，宾至如归嘛，谁在家里吃饭时不拿碗筷呀，除非你当老爷！

以上的三项改革，全店的职工都没意见，还觉得新鲜，觉得是有了那么一点革命的气息。可是当我接触到改革的实质，要对菜单进行革命时就不那么容易了。

我认为最最主要的是对菜单进行改造，否则就会流于形式主义。什么松鼠鳜鱼、雪花鸡球、蟹粉菜心……那么高贵，谁吃得起？大众菜，大众汤，一菜一汤五毛钱，足够一个人吃得饱饱的。如果有人还想吃得好点，我也不反对，人的生活总要有点变化，革命队伍里也常常打牙祭，那只是一脸盆红烧肉。简单了点，来个白菜炒肉丝、大蒜炒猪肝、红烧鱼块、青菜狮子头（大肉圆）……够了吧，哪一个劳动者的家里天天能吃到这些东西？

反对的意见纷纷而来，而且都是从老年职工那里来的。

跑堂的张师傅反对了。他说话有点嬉不溜溜的："啊哈，这下子名菜馆不是成了小饭铺啦！高经理，索性来个彻底的改革吧，每人发两块木板，让我们到火车站摆荒饭摊。"

我听了把眼睛一抬："同志，有意见可以提，态度要严肃点，这是革命工作，不是和吃客们打哈哈的！"我知道他和资产阶级的老爷太太们周旋了几十年，说话不上路，所以特地点了他一点。

"好好，没意见，这样做我们也可以省点力。"张师傅服了。

管账的也提意见了："高经理，我的意见也可能不正确，只是我有点担心……喏，这样做当然是对的了，可是那赢利是不是会有问题？"他说起话来哟哟缩缩，因为他和原来的老板是亲戚，"三反五反"时曾经擦破点皮。

"你的担心我也考虑过，可是社会主义的企业是为人民服务的，绝不能像资本家那样唯利是图！"

"对对，对对对。"管账的马上服帖。

死不服帖的是那几位有名的厨师，如果用现在的职称来评定的话，他们不是一级便是二级。他们可以著书立说，还可以到国外去表演。可我那时并没有把这种宝贵的技术放在眼里，他们也可能没有把我这样的外行放在眼里，特别是那个杨中宝，好像我剜了他的肉似的。

"这不是都卖点儿家常便饭了吗？"

"家常便饭有什么不好呀？"

"家常便饭家家会做，何必上饭店？"

"出门的人哪有背着锅子走路的？"

"出门的人都想尝尝天下的名菜，噢，苏州的名菜就是红烧狮子头？"

"那要看是什么人？"

"什么人都有，包括像你这样的干部在内！"

"我出差每天三毛钱伙食，两毛钱伙补，一顿吃掉五毛钱，还有早晚两顿没有着落哩！"

"不是所有的人都和你一样，他们自己贴。"

"贴，拿什么贴，不少人就是因为出差时嘴馋，才贪污了公款。"

"如果人家请客呢？"

"为什么要请客，拉拉扯扯的。'三反五反'的教训还不够吗？不少人被资本家拉下水，就是从请客吃饭开始的，说不定那些见不得人的勾当，就是在我们楼上的小房间里干出来的！"

"人家结婚呢？"

"结婚，更不能铺张浪费，买几斤糖，开个联欢会，我们机关里就是这样干的。"

杨中宝火了："高经理，你说的都是外行话，机关是机关，饭店是饭店。请把我调到机关里去当炊事员吧，保证没意见。"

我看着杨中宝直翻眼，把到了嘴边的话咽回去。我不能对一个老工人发脾气，他的工龄和我的年龄差不多，是地地道道的无产阶级，而我的本来成分是学生，属于小资产阶级，再怎么革命也是革不掉的，只好暂时忍耐一点。何况他们所以反对也有道理，因为这一改他们没有用武之地了。白菜炒肉丝不需要什么高超的手艺，连我都会……是呀，他们的技术不能发挥，也很可惜。调到机关里去当炊事员虽然是气话，调到交际处去当炊事员倒是很合适……

会场沉寂。

我要设法打开僵局，目光便向青年人投射过去。那时候我已懂得，如果遇事打不开局面，最好是鼓动青年人起来带头。他们不保守，有闯劲，闯过了警戒线也无妨，然后再向回拉一点。矫枉必须过正，也许就是这个道理。

"青年同志们谈谈嘛，你们也是店里的主人，未来是属于你们的，谈谈。"

年轻的职工们只是笑，看看老师傅又看看我，两边都为难，一时拿不定主意。内中有个小伙子，名字叫作包坤年，跑堂的，虽然还没有满师，讲话却是很有水平的：

"同志们，我们的店必须改革，必须彻底改革！再也不能为那些老爷们服务了，要面向工农兵。面向工农兵绝不是一句空话，要拿出菜单来做证明。烧什么菜，就是为什么人服务。蟹粉菜心不仅工农兵吃不起，而且还要跟着老爷们受罪！为什么，菜心都给他们吃了，菜帮子都到了工农兵的碗里！生炒鸡丁要用鸡脯，鸡头鸡脚都卖给拉黄包车的，这分明是对工农兵的瞧不起。农民进店来只点豆腐汤，有人竟然回掉生意：'嘿，吃豆腐汤到玄妙观去吧，那里的豆腐汤又好又便宜。'玄妙观只卖豆腐脑，分明是捉弄乡下人的。要是朱自冶他们来了就不得了，从堂口到厨房，都是忙得飞飞的。鱼要活的，虾要大的，一棵青菜剥剩了拇指那么一点点……"

包坤年这么一带头，人们就跟着发表意见，纷纷揭露我们的浪费，以及重视筵席而看不起小生意。这些情况我以前都不了解，听了十分生气，把手指在桌面上敲敲："你看，你们看，不改革怎么得了呢！"

跑堂的张师傅低头不语了，回掉农民的生意可能就是他干的。几个厨师也不讲话了。苏州的名菜选料精细，浪费肯定是有的；围着朱自冶之类的人转也不假，名厨要靠吃家，要靠他们扬名，要靠他们品出那千分之几的差别。最好能碰上孔夫子，孔子曰："食不厌精，脍不厌细！"

改革方案就这么定下来了，包坤年是立了功的，他后来表现得也十分积极，我指向哪里他打向哪里。我也为他的进步创造了很多有利的条件。至于他在"文化大革命"中把我打得半死，那是后话，暂且不提……

我当时把全部精力都扑在改革上，每晚回家都在十一点之后。我改了店堂，换了门面，写了大红海报张贴街头，还向报馆里投了稿，标题是《名菜馆面向大众，大众菜经济实惠》！

开张的那一天，景象是十分壮观的。老头老太结伴而来，还搀着小孙子、小妹妹。那些拉车的、挑担的、出差的，突然之间都集中到店门口。门前的黄包车、三轮车、马车停了一长溜。这种车水马龙的情景解放前我也曾见过，可那是拉着老爷太太们来的；老爷太太们美酒高楼，拉车的人却瑟缩在寒风里。如今瑟缩的人们都站起来了，昂首阔步地进入店堂，把楼上楼下两个像会场似的堂口都挤得满满的。一时间板凳桌子乒乒响，人声鼎沸如潮水，看起来有点混乱，可那气氛实在热烈！服务员上菜也很迅速，大众菜、大众汤都用不着现做，汤装在木桶里，菜装在大锅里，一勺一大碗，川流不息地送出去。店门口的行人要靠右走，进出连成两条线，如果用门庭若市来形容，那是十分贴切的。

朱自治和他的吃友们也来了，很好，我倒要看看你们今天想吃点什么东西！谁知道他们先在门口看看广告，再到店堂里瞧瞧热闹，俯下身去看看大众菜，鼻子吸了那么几吸，然后带着不屑一顾的神情走出去，还互相拍拍打打地发笑哩！我见了义愤填膺："反对吧，先生们，我改革的目标就是要叫你们反对！"

老头老太的反应可就不同了："啊哟，以前只听说这家菜馆有名，越有名越不敢来，今天可算见了世面！"

挑菜的农民也说了："这菜馆我以前来过几回，都是挑着青菜进后门，一直送到厨房里，从来不敢向店堂里伸头！"

多么深刻的写照呀，多么自豪的语言，人民的称赞使我忘记了疲劳，感动得心都发抖。不管将来的历史对我这一段的工作如何评价（放心，它无暇顾及），可我坚信，当时我绝无私心，我是满腔热忱地在从事一项细小而又伟大的事业！

当时，我们的领导也到了现场，看了也很满意，虽然秩序有点混乱，那也是前进中的缺点，要我们好好地总结提高，然后推向全行业。

化险为夷

这一下朱自冶可就走投无路了！尽管我们的经验很难推开，许多名菜馆都是敷衍了事，弄几只大众菜放在橱窗里装装门面。可是风气一开那苏州名菜便走了味，菜名不改，价钱不变，制作却不如从前那么精细。朱自冶有一张什么样的嘴啊，他能辨别出味差的千分之几厘！一吃便摇头，便皱眉，便向人家提意见。朱自冶看错皇历了，这时候再也没有人把他当作朱经理，"资本家"三个字也不是那么好听的。有钱又怎样，不许收小费，你爱吃便进来，嫌丑请出去，反正营业额的大小和工资没有关系。如果依了你朱自冶的话，还要落得个为资产阶级服务的臭名气！

朱自冶怎么受得了呀，他每吃一顿便是一顿懊丧，一阵痛苦，一阵阵地胃里难受。每天都觉得没有吃饱，没有喝够，看到酒菜却又反胃。他精神不振，毫无乐趣，整天在大街上转来转去，时常买些糕点装在草包里，又觉得糕点也不如从前，放在房间里都发了霉，被我的妈妈扫进垃圾堆。那个很有气派的小肚子又渐渐地瘪了下去。

有一天晚上，朱自冶居然推门而入，醉醺醺地站在我的面前：

"高小庭，我……反对你！"

资产阶级开始反扑了，这一点我早有准备："请吧，欢迎你反对。"

"你把苏州的名菜弄得一塌糊涂，你你，你对不起苏州！"

"这是你的看法，菜碗没有打翻，一塌糊涂是谈不上的。是的，我对不起苏州的地主和资产阶级，对苏州的人民我可以问心无愧！"

"你你……你对不起我！"

"是的，应当对不起你，因为你自己也是资产阶级！"

"小庭啊，人可要凭点儿良心，这些年来我可没有亏待过你！"

朱自冶语无伦次了，他竟然想揭下伤疤当膏药贴，这就惹得我火起："朱经理，我是对不起你，也对不起你的朋友。你的朋友中有三个是地主，有两个是在反动党团特的册子上登记过的，还有三个是拿定息的，包括你自己在内。别以为定息可以拿到老，这资产阶级总有一天要被消灭！"

朱自治吓了一跳，以为我们的政策又要改变。对他来说吃当然很重要，消灭却是性命攸关的。他的酒意消掉了一半，不由自主地向后退，掏出一根前门牌香烟塞过来，被我用一根飞马牌香烟挡回去。他乘势把香烟一叼，吸了一口："该死，今天托人到常熟去买了一只叫花鸡，味道还和从前一样，不免多喝了几杯，这就糊里糊涂地跑到你家来了。咦，我是从哪个门里进来的呢！"朱自治想夺门而走了。

"慢点！"

朱自治站住了。

"朱经理，如果我有什么地方对不起你的话，那就是我没有告诉你一句最要紧的话：你再也不能这样下去了，要逐步地学会自食其力！"

"是的，我一定铭记。"

从此以后，我很少碰到朱自治，他当然也不会再来向我表示反对。我对他倒是十分关心，常常向妈妈问起。妈妈说她也不清楚，经常不见朱自治回家，房间里一股霉味。我想，朱自治也许是干什么了吧，吃是终身的必需，总不能是终身的职业。

隔了不久，包坤年来向我汇报——他经常向我汇报。

"不得了，杨中宝他们开地下饭店了，是专门为资本家服务的，每天晚上赚大钱。"

"可当真？"

"一点不假，是我亲眼看见的，地点就在你家东面的五十四号里，天天晚上有许多资本家在那里聚会，杨中宝烧菜，一个妖里妖气的女人收钱！"

包坤年说得有根有据，我怎能不问不理？立刻到居民委员会去调查，找杨中宝来谈话，一问一查又找到了朱自冶的踪迹。

朱自冶开始隐退了，他对饭店失望之后，便隐退到五十四号的一座石库门里。这门里共有四家，其中一家的户主叫作孔碧霞。孔碧霞原本是个政客的姨太太，这政客能做官时便做官，不能做官时便教书，所以还有教授的头衔。苏州小巷里的人物是无奇不有的。据说，年轻时的孔碧霞美得像个仙女，曾拜名伶万月楼为师，还客串过《天女散花》哩！可惜的是仙女到了四十岁以后就不那么惹人喜爱了，解放前夕，那政客不告而别，逃往香港，把个孔碧霞和一个八九岁的女儿遗弃在苏州。

孔碧霞年轻的时候打扮惯了，也可能是由于登过台的关系，所以举手投足、顾盼摆扭等都讲究个形体美。讲究得过了分便变成矫揉造作、搔首弄姿；特别是在无姿可弄而要硬弄时便有点怪里怪气。苏州话骂人也不是那么好听的，人家暗地里叫她"干瘪老阿飞"。

朱自冶一贯地不近女色，为什么突然之间和孔碧霞混到一起去呢？很简单，那孔碧霞烧得一手好菜！

孔碧霞数十年的风流生涯，都是在素手做羹汤中度过的。她的丈夫的朋友都是政界、实业界、文化界的高雅得志之士，像朱自冶这样的人是休想登堂入室的。什么美食家呀，在他们看起来，朱自冶只不过是个肉头财主、饕餮之徒、吃食赖皮。哪有一个真正考究吃的人天天上饭店？"大观园"里的宴席有哪一桌是从"老正兴"买来的？头汤面算得什么，那隔夜的面锅不知有没有洗干净呢！品茶在花前月下，饮酒要凭栏而临流。竟然到乱哄哄的酒店里去小吃，荷叶包酱肉、臭豆腐干是用稻草串着的，成何体统呢！高雅权贵之士，只有不得已时才到饭店里去应酬，挑挑拣拣地吃几筷，总觉得味道太浓，不清爽，不雅致。锅、勺、笊篱不清洗，纯正的味儿中混进杂味，而且总有那种无药可救的、饭店里特有的油烟味！朱自冶念念不忘的美食，在他们看起来仅仅是一种通俗食物而已。他们开创了苏州菜中的另一个体系，这体系是高度的物质文明和文化素养的结晶，它把苏州名菜的丰富内容用一种极其淡雅的形式加以表现，在极尽雕琢之后使其反乎自然。吃之所以被称作艺术，恐怕就是指这一体系而言的。

孔碧霞的烹调艺术，就是得之于这一派的真传。她在当年的社交界是个极其有名的姨太太，会唱戏，会烧菜，还会画几笔兰花什么的。二十多年间她家的庭院里名流云集，两桌麻将让八个男人消遣，一桌酒席由她来做精彩的表演。她家有一个高级的厨娘，这高级的厨娘也只能当她的下手！

朱自冶被逼得走投无路之后，偶尔听到他的一位吃友谈起，说是五十四号里有个孔碧霞，此人当年如何如何，如何身怀绝技。

朱自冶一听便笑了："你老兄是说吃解馋的吧，好菜怎么能在家里做呢。你没有那么多的佐料、高汤，没有那么大的炉火与油镬，办不成的。"

"不信？那也没有办法，我请不动那位尊神。她根本就不把我们这些人放在眼里。解放前我想尽办法也没有打得进去……对了，近几年来听说她的家境不好，手头拮据，也许看在孔方兄的面上，能为我们操办一席。你家和她靠近，去试试。"

朱自冶病急乱投医了，他为了吃总会干出一些冒冒失失的事体；他冒冒失失地去敲五十四号的大门，径直说明来意。

如果是在解放前的话，孔碧霞不把朱自冶赶出来才怪哪！可那孔碧霞不如朱自冶，她没有那么多的存款和定息，已经把房子租给了三家，还得靠变卖家具和首饰度日。同时她也多年不操此道，有点技痒难熬，很想重新得到别人的称赞，再现昔日的风流。她内心已经许诺，表面上还要搭搭架子：

"啊呀，朱先生僚（你）是听啊里（哪里）一位老先生活嚼舌头根，僚伲（我们）女人家会做啥格（什么）菜呢，从前辰光烧点小菜，是吭没（没有）事体弄弄白相（玩儿）格！"这女人的一口苏白像唱歌似的好听，可惜写出来却不是那么好懂的。

朱自冶当然懂啰，涎皮搭脸地恳求着："行行好吧，不管你烧什么我们都吃，总归要比饭店里好点。"

"饭店！——"孔碧霞十分轻蔑地拉长了声音，"你们男人家真没出息，闻了饭店里的那股味道后居然还吃得下东西！"

朱自治目瞪口呆了，饭店里有什么味道？有的是美食的香味，闻了以后才胃口大开哩："啊，是是，我们这些人都是凡夫俗子，吃了一世什么也不懂，赏个光吧，让我们开开眼界。"

"好吧，那就献丑了，你们几个人呢？"

朱自治默算了一下，把食指一环："九个。"

"不行，最多只能七个，人多是没好食的。"

"那就八个，正好一桌。"

孔碧霞笑了："朱先生，你不懂规矩，那下手的一个位子是给烧菜的人留着的。"

"好好，对不起。"朱自治嘴里叫好，心里犯疑，哪有厨师上桌的？为了吃也只好迁就了，随即从身边掏出一沓钞票，数了五十元放在桌子上，心里盘算，这十块钱就算小费。

孔碧霞面有难色了："哎呀，这几个钱吃点什么呢？"

朱自治把心一横，八十块全部豁出去，买个面子。

孔碧霞迟疑了半晌，好像在那里算账，最后乜了朱自治一眼："好吧，不够的地方我也凑个份子。唉，你这人也实在可怜！"

事情就这样定下了，孔碧霞足足地准备了五天。据说还有一只红焖鳗没有来得及做，因为买回来的鳗鱼必须先用特殊的方法养一个星期，而那朱自冶又馋得等不及。

至于这一顿到底吃了些什么，我没有参加，不能乱吹。

杨中宝是参加了的。那一天他正好休息，在大街上碰到了朱自冶。朱自冶是去通知他的吃友们准时上阵的，没想到有位老友因病不起，需要另找候补的。看见杨中宝便说："走走，跟我去见见世面。"接着便把如何找到孔碧霞等说了一遍，连说带吹，借以发泄对我们饭店的怨气。

杨中宝从来不服人，艺高人总有那么点傲气。名厨师都是男人，哪来这么个女的！可是，他也听他师傅说过，在清末民初的时候，苏州有一种堂子菜，是从高等妓院里兴起来的。做这种菜的全是聪敏漂亮的女人，连丑丫头都不许帮边，那做工细得像绣花似的。他反正闲着没事，那朱自冶又不用他出钱，何不趁此去见识见识，如果真有可取的话也可学点技术；如果言过其实的话也可把朱自冶揶揄一顿，煞煞他的锐气！

杨中宝只向我讲了事情的来龙去脉，说明他没有开地下饭店，同时对这种捕风捉影的小报告十分恼火，说是有人和他过不去，他一气之下就不谈孔碧霞了，而是缠着我把他调到交际处去。这事儿很快就办成了，所以我一直不知道那天晚上孔碧霞如何大显身手，究竟吃些什么稀世的美味！读者诸君也不必可惜，在往后的年月里我们还会见到她表演。"文化大革命"可以毁掉许多文化，这吃的文化却是不绝如流。我当时只能从朱自冶的行动上来进行推测，肯定那天晚上的一桌菜是"此曲只应天上有，人间哪得几回闻"！

朱自冶一吃销魂，从此很少见到他的踪影。他再也不像没头苍蝇似的在街上乱转，再也听不到他清晨开门去赶朱鸿兴；他不食人间烟火了，一日三餐都吃在孔碧霞的家里。一个会吃，一个会烧；一个会买，一个有钱。两人由同吃而同居，由同居而宣布结婚，事情顺理成章，水到渠成。

朱自冶终于成家了，一个曾经有过无数房屋的人，到了四五十岁上才有了家庭！家庭是个奇妙的东西，它会使人变得有了关栏，言行举止也规矩了点。朱自冶稳重了些，注意言谈，也注意外表。衣着和过去大不相同。笔挺的中山装，小口袋里插着两支钢笔，颇有点学者风度，这恐怕是孔碧霞参照她前夫的形象加以塑造的。

那孔碧霞不仅会烧菜，治家也是能手。结婚以后她千方百计地调整住房，让朱自冶搬过去，把五十四号里的三户人家搬过来。三户人家的住房面积都有了扩大，她自己也不蚀本。因为那五十四号是个中式的庭院，有树木竹石、池塘小桥，空间很大，围墙很高，大门一关自成天地，任他们吃得天昏地黑也没人看见。那时候，像我这样的反吃战士比较多，还有反穿的；谁要是考究饭菜，讲究衣着，那就有被斥为资产阶级的危险，或者说是和资产阶级的思想沾了边。所以有钱的人也不得不稍加隐蔽，关起门来吃，吃到肚子里谁也看不见！当然，完全看不见也不可能，人们每天早晨都看见朱自冶夫妇上菜场。两个人穿着整齐，一个拎篮，一个拎包，一个人膀子套在另一个人的膀子里，惹得行人侧目而视，哧溜一声："干瘪老阿飞！"

我的妈妈从来不说孔碧霞的坏话，她认为这个女人是行了件好事，使得一个败子回头。她买菜回来常常对我说："又碰到朱经理啦，现在变好了，夫妻两个亲亲热热，像个过日子的。"

我听了只是哼哼，心里想：这叫变好？这是关起门来逃避改造！

人之于味

朱自冶逃避改造，我对他也无可奈何。他不到我们的店里来吃饭，我也不能冻结他在银行里的存款；说他有资产阶级的思想也白搭，他本来就是资产阶级。让他去吃吧，革命不是一次完成的。只要他规规矩矩，不再叫喊什么苏州菜不如从前，不再闯到我房间里来提意见。

朱自冶当然不会提意见啰，偶尔碰到我时也是陌若路人，头也不点，挺着那重新凸起的肚子扬长而去，像个得胜的公鸡，气得我两肺直扇！

更为气愤的是居然有人和朱自冶唱着一个调子。说我们的饭店是名存实亡，饭菜质量差，花色品种少，服务态度恶劣！而且说这种话的人百分之九十以上都不是资产阶级，有干部，有工人，还有老头老太什么的。我听了很不服，改革才进行了一年多，你们怎么会从赞扬变成反对？两片嘴唇翻得倒快哪！我只好耐心地加以解释：

"老太太，少说两句吧，一年前你能到这里来吃饭，还算见了世面！"

"世面已经见过了，现在要吃好东西！"老太太晃着几张大钞票，"喏，儿子寄来的，他再三关照我要增加营养，高兴的时候便到你们店里来改善改善。改善个屁，还不如我自己烧的！"

"那就自己烧吧，自己烧的东西合口味。"我想起孔碧霞来了，不觉说漏了嘴。

老太太火了："你……你这话像是开黑店的人说的，我能烧还要你们干什么，白养着你们拿薪水！"

包坤年挺身而出了："什么叫开黑店，你嘴里放干净点！社会主义的企业是黑店？你污蔑……"

我连忙阻拦："好了，算了算了。老太太，你别生气，这菜如果没有动过的话，我们退钱。"

对干部模样的人我就不大客气了："同志，你是出差的吧？"

"对，咱从北京出差到苏州，听说苏州菜名扬四海，你们的店很有名气，特地来品尝品尝，可你们却拿出这玩意儿！"

"同志，有这样的玩意儿已经不错了，你的伙补一天才几毛钱？"

"咱自己就不能补？现在不是包干制的时代了，咱花得起！"

"艰苦朴素的作风还得保持。"

"对对，谢谢您的教导，早知如此应该背一袋窝头上苏州，你们这家饭店嘛，存在也是多余的！"袖子一甩，走了。

我叹了口气，觉得这人的资产阶级思想也是很严重的，才拿了几天薪金制，就这么财大气粗地当老爷！至于我们这家饭店的存在……唉，确实有了点问题。这两年国民经济大发展，农村连年丰收，工人调资定级，干部拿了薪水……那人民币又特别见花，肉才六毛多一斤，五香茶叶蛋五分钱一个，二两五的洋河大曲连瓶才两毛二分钱。许多人都阔绰起来了，看到大众菜便摇头，认为凡属"大众"都没有好东西，"劳动牌"也不是好香烟。我想为劳动大众服务，劳动大众却对我有意见。有人把意见放在桌面上，更多的是不愿费口舌，反正有名的菜馆多的是，他们的改革本来就不彻底，临时弄点大众菜装装门面的，时过境迁连门面也不装了，橱窗里琳琅满目，各种名菜赫然在焉！他们趁着市面繁荣时拼命地掏人家的口袋，掏得人家笑嘻嘻的，那营业额像在寒暑表上哈热气，红线呼呼地升上去！我们也曾有过黄金时代啊！想那改革之初，营业额也曾一度上升，我还以此教育过管账的，说他是杞人忧天。隔了不久便往下降，降，降……降掉了三分之一，再降下去确实会产生能否存在的危机！

好吃的人们啊！当你们贫困的时候，你们恨不得要砸掉高级饭店，有了几个钱之后又忙不迭地向高级饭店里挤，只愁挤不进，只恨不高级。如果广寒仙子真的开了"月宫饭店"，你们大概也会千方百计地搭云梯！

1957年的春天是个骚动不安的季节，到处都在鸣放，还有闹事的。店里的职工开始贴我的大字报了，废报纸上写黑字，飘飘荡荡地挂在走廊里。我看了以后倒也沉得住气，无非是大众菜和营业额等的问题。只有一张大字报令人气愤，说我是拿饭店的名声，拿职工的血汗来换取个人的名利，说那杨中宝是被我打击、排挤出去的！署名是"一职工"，可从那语气和那么多的形容词来看，肯定是包坤年写的。你这小子也太不应该了，当初改革时你也曾热情支持，说杨中宝开地下饭店也是你汇报的，怎么能把一堆屎都甩到我的头上来呢！当然，我也没有必要对此加以解释，只要有千分之一的正确性，都是应该接受的。

正当我惶惑不安、心情烦躁的时候，却来了我的老同学丁大头。

丁大头到北京开会，路过苏州，特地下车来看看我。转眼八年啦，真叫人想念！我情不自禁地叫起来："老伙计，我要好好地请你吃上一顿，走，上我们的饭店去！"我叫过以后也觉得奇怪，这话可不像我说的，怎么见了面就想请客呢！

丁大头摇摇头："罢啦，你们的饭店我已经领教过了，还把大字报浏览了一遍。老伙计，你这些年都干了些什么呢？"

"干了点什么？等等，你等等。等会儿我会全部告诉你。"我连忙把我的爱人叫出来，向丁大头介绍，"喏，这就是我的爱人。这就是我常常对你说起的丁大头。"

丁大头欠了欠身子："丁正，绰号大头……哎哎，这个雅号再也不能扩散了，我和你一样，大小也是个经理。"

我爱人掩着嘴笑，盯住大头看，好像要弄清楚那头是否比平常人大点。

我说："你别看了，快到小菜场去看看，买点儿什么东西。"丁大头对我们的饭店已经领教过了，带他到人家的饭店里去更是制造口舌。所以我想叫爱人随便弄点菜，晚上就在家里吃一点。

谁知道我的爱人没手抓了，结婚两年多她还没有弄过饭哩！她只会替丁大头倒茶、递烟，说："你们先谈会儿吧，妈妈到居民委员会开会去了，等她回来再替你们准备吃的。"

我一听便急了，居民委员会开会是个马拉松，又拉又松，等到他们开完会，那小菜场肯定已经关门扫地，便说："你就烧一顿吧，不能样样事情都依赖妈妈。"

我爱人来话了："怎么，你把说过的话都忘啦，你说年轻人如果把业余时间都花在小炉子上，肯定不会有出息。"她把双手一摊，"你看，我这个有出息的人还不知道油瓶在哪里！"

丁大头哈哈地笑起来："对，我可以证明，这话肯定是他说的，一切后果由他负责。"

我连忙摆摆手："好了，你到居民委员会去一趟，就说家里来了人，让妈妈早点拔签。"

爱人出去之后，我便滔滔不绝地倒苦水，从头说到尾："……那些大字报你都浏览过了，进行人身攻击的不谈，那是一个年轻人跟着人家起哄。可是我的改革有什么错？旧社会的情景你也见过的，就是为了消灭那种不平才去革命，才去战斗。我不会忘记，临离开这个城市的时候我曾经对它发过誓言。当然，那只是一种壮志，个人的力量是很微薄的，可是在我力所能及的范围内绝不能让那些污泥浊水再从阴沟里冒出来，绝不能让那些人还生活在他们的天堂里！他们可以关起门来逃避，但是不能让我们的同志在吃的方面去向资产阶级学习。当年我们遥望江南，为的是向旧世界冲击；曾几何时，那些飘飘荡荡的大字报却对着我冲击了！冲吧，我问心无愧！"

丁大头沉默了，直抽烟，他的心情大概也是很不平静的。

"说话呀，你的知识比我广博，这些年又在新华书店工作，整天埋在书堆里，你可以随便抽出一本书来敲敲我的头，最好是那些布面烫金的，敲起来有力！"

丁大头笑了："那不行，敲破了头是很难收拾的，我只是想告诉你一个奇怪的生理现象，那资产阶级的味觉和无产阶级的味觉竟然毫无区别！资本家说清炒虾仁比白菜炒肉丝好吃，无产阶级尝了一口之后也跟着点头。他们有了钱以后，也想吃清炒虾仁了，可你却硬要把白菜炒肉丝塞在人家的嘴里，没有请你吃榔头总算是客气的！"

我跳起来了："你你……你也不能天天吃清炒虾仁呀！"

"谁天天到饭店里吃炒虾仁的，他有那么多的工资吗？"

"可也不少呀，同志，你不能低估这种潮流！"

"是你把大众低估了。大众是个无穷大，一百个人中如果有一个来吃炒虾仁，就会挤破你那饭店的大门！你老是念叨着要解放劳苦大众，可又觉得这解放出来的大众不如你的心意。人家偶尔向你要一盘炒虾仁，不白吃，还乐意让你赚点，可你却像沙子丢在眼睛里。"

"不不。我对大众没意见。"

"我知道，你是对那个朱什么冶有意见，他闭门不出了，你到哪里去揪他呢！"

"也不是全躲在家里。"

"当然，肯定会有许多人跟着劳动大众去吃虾仁，告诉你吧，即使将来地主和资本家都不存在了，你那吃客之中还会有流氓与小偷，还有杀人再逃的，信不信由你。"

我信了。我早就发觉过这一点，住旅馆需要工作证和介绍信，吃饭只要有钱便可以。我只好叹气了："唉，你的话也不无道理，可我总觉得勤俭朴素是我们民族的美德，何必在吃的方面那么顶真呢？"

"说得对，这对你个人来说是一种美德，希望你能保持下去。可你是个饭店的经理，不能把个人的好恶带到工作里。苏州的吃太有名了，是千百年来劳动人民创造出来的文化，如果这种文化毁在你手里，你是要对历史负责的！"

我一听便凉了。我在学校里读过历史，知道那玩意可不是好惹的，万一被它盯住了，死都逃不脱！可我也怀疑，这吃的艺术怎么会是劳动人民创造的呢？说得好听罢了，这发明权分明是属于朱自冶和孔碧霞之流。

也怪我的妈妈太热情，这天的晚饭竟然是五菜一汤，汤是用活鲫鱼烧的，味道鲜美。

丁大头眉花眼笑了："你看，这资产阶级的风气已经渗透到你的家庭中来了，注意！"

南瓜之类

　　丁大头走后，我仔细地检查了我的行为。一个老朋友来了，为什么立即想到要去买菜呢？很简单，这是一种乐趣，也含有尊重与慰劳的意味。过去为什么不是这样的呢？记得渡江后和他在无锡分手时，我也曾为他送行，花了五分钱在摊头上吃了一碗小馄饨，他十分满意，我也情意绵绵。今天为什么不能那样做，一顿花掉五块多钱！也很简单，那时的五分钱是我全部流动资金的十分之一，而我今天的工资是七十五，加上我爱人的工资，再扣去家庭的开支，那五块钱也就等于五分钱。物质和精神的砝码一样大，情谊的天平是平平的。如果我今天还请丁大头吃小馄饨，即使他不介意，我又有什么必要让他忆苦思甜！如果让妈妈和爱人知道的话，肯定要给我一顿臭骂："这些年你一直惦记个丁大头，来了以后只肯花五分钱，你还像不像个人呢！"

　　我当然像个人，而且自以为像个很好的人，不随波逐流，不见异思迁……可我有没有感到时间在流去，生活在变迁？我只知道忘记了过去就等于背叛，却不知道忘记了变化也和背叛是差不多的，同样是违反了人民的心意。不去管什么朱自冶了，让他在小庭院里快活几天！

正当我想转弯的时候，反右斗争开始了。这个运动没有碰到我，我差点儿还成了英雄哩。谁都承认我立场坚定，方向对头，早就以实际行动打击了资产阶级的"今不如昔"。只是由于我的心中有鬼，说话吞吞吐吐，行动也不积极，白白错过了一个提拔的好机会，是个扶不起的刘阿斗。

我想转弯也来不及了，因为跟着便是"大跃进"，"大跃进"之后便是困难年。"大跃进"的时候人人都顾不上吃饭，困难年人人都想吃饭了，却又没有什么东西可吃的；酱油都要计划供应了，谁还会对大众菜有意见？连菜汤都是一抢而空，尽管那菜汤是少放油，多放盐。凡是能吃的东西人们都能下肚，还管它什么滋味不滋味！

这就苦了朱自冶啦！他吃了四十多年的饭，从来就不是为了填饱肚皮，而是为了"吃点味道"。这味道可是由食物的精华聚集而成的。吃菜要吃心，吃鱼要吃尾，吃蛋不吃黄，吃肉不吃肥，还少不了蘑菇与火腿。当这一切都消失了的时候，任凭那孔碧霞有天大的本领也难以为炊。

人也真是个奇怪的动物，有得吃的时候味觉特别灵敏，咸、淡、香、甜、嫩、老，点点都能区别。没得吃的时候那饿觉便上升到第一位，饿急了能有三大碗米饭（不需要上白米）向肚子里一填，那愉快和满足的感觉也是难以形容的。朱自冶尽管吃了一世的味道，却也难逃此种规律。他被饥饿从小庭院中逼出来了，又拎着个草包成天在街上兜。这一次不是寻找美味了。只要看见哪里围着人，便拼命地向里钻，企图能买到一点红薯、萝卜或花生米之类，不管什么价钱。无奈，他经常提着个空包回来，神情沮丧、疲惫不堪地走过我家的门前。我第一次见到他财大并不气粗，他也许是第一次感到金钱并不是万能的。照理说那朱自冶也饿不了，城市不比农村，他有定量供应。"大跃进"之前他家的定量吃不了，经常向外调剂，现在虽说捐献掉两斤，那也不至于饿肚皮。奇怪，一旦缺少了副食品和油之后，那粮食就好像是棉花做的，一天八两一顿下肚，还不知道是塞在哪个角落里！何况那思想也有问题，一顿不饱十顿饥，眼睛一睁便想吃东西。朱自冶以前是眼睛一睁便想吃头汤面，现在却老是睁着眼睛看饭桌上的饭碗，总觉得他碗里的饭要比孔碧霞女儿少了点。孔碧霞也没好气：

"是你的肚子里有鬼！"

"我有鬼还是你有鬼？一个是空的，一个是实的！"

孔碧霞一把夺过女儿的饭碗："给你，都给你，反正女儿也不是你养的！"

孩子"哇"的一声哭起来了，夫妻俩吵得不可开交。吵到后来实行分食制，一只煤炉两只锅，各烧各的。在吃上凑合起来的人，终于因吃而分成两边。再也看不见他们两个套着膀子走路了，再也听不见孔碧霞嗲声嗲气地叫喊："老朱嗳，你来哪！"

资产阶级的家庭关系本来就是建筑在金钱上的，当金钱处于半失效的状态时，那关系也就会处于半破裂。我倒有点为朱自冶庆幸了，这下子他可以不再迷信金钱，也可以知道一粥一饭的来之不易，不要那么无休止地去寻求美味。

我这样想并不是幸灾乐祸，因为我和朱自冶同处于一个灾祸之中，他饿我也饿，同样地饿得难受。按说，我是一个饭店的经理，在吃的方面还是有点办法的，在这种特定的时刻，权力的作用会明显地超过金钱。可我一贯自认为是个很好的人，饿死事小，失节事大，不去搞那些鬼把戏。老实说，也没有饿到真的爬不起来的地步。况且我的家庭很巩固，妈妈和爱人拼命地保证重点。妈妈总是让我先吃："快吃吧，吃了上班去，我反正没事，等一歇。"我知道这"等一歇"是什么意思，总是偷偷地把饭拨掉点。我的爱人重点保证女儿，孩子读小学，正在长身体，放学回家等不及放书包，便喊肚子饿，不管给她多少，她都会呼呼啦啦地吃下去，哪像现在的孩子，吃饭都要大人逼！

我爱人的身体本来就不好，不久便发现腿也肿了，脸也泡了。这是当时的一种流行病——浮肿病，谁都会医，药方也很简单：一只蹄髈、一只鸡，加四两冰糖煎服便可以，到哪里去找呢？

我有点心事重重了，走路也闷着头。走过阿二家门前时，他在门内向我招手。

阿二早已不挖河道了。当年以工代赈时，每天只拿三斤米，他积极工作，毫无怨言，不愧为工人阶级。领导上十分器重他，安排他到搬运站工作，现在是基层工会的主席。他对我很信任，总以为我说的话都是对的。可不，那黄包车已经进了博物馆，三轮车也不多见，他虽然没有当上司机，却也是司机的领导哩。

我进了阿二家的门，见阿二的爸爸也坐在天井里。这老头儿有好几年对我不予理睬，后来儿子当了干部，定了工资，讨了媳妇，阿三、阿四也都就了业。老头儿也不卖葱姜了，在那摆摊头的地方摆张小桌子，天天晚上弄点老酒抿抿，看见我总是笑嘻嘻地打招呼："来来，弄一杯！"如今的日子又不大好过了，小桌子又搬到天井里。我喊他一声老伯伯，他想笑却没有张开嘴。

阿二把我拉到一边："怎么样，我看见阿嫂的脸色有点不对！"

"是啊，有点浮肿。"

"这样吧，我们有两辆汽车到浙江去拉毛竹，毛竹没有拉到，却在那个山沟里弄来两车南瓜。你准备一辆小板车，天不亮便到码头上去，我弄一车给你。"

"不不，我又不是你们单位里的人，怎么好分你们的东西，再说……"

"别说啦，我绝不会做那种'狗屁倒灶'的事情，那南瓜有我的一份，你先拉去吃。我们经常有车子在外面跑，总比你活络点。"

"那……"

"那什么呀，去拉吧！"老头儿在旁边插话了，"南瓜有什么稀奇，大农场，拖拉机，我还等着喝你的伏特加哩！"老头儿咧开嘴笑了,他是在挖苦我。

我也笑了:"老伯伯,你别挖苦我,我还没有翻你的老底呢。那时候阿二去挖河泥,你看见我连头也不点。后来怎么样啦,天天喊我弄一杯。别着急,目前是暂时的困难,好日子会回来的!"

老头儿真心地笑了,连连点头:"对对,我相信,相信。"

千千万万个像阿二爸爸这样的人,所以在困难中没有对新中国失去信心,就是因为他们经历过旧社会,经历过50年代那些康乐的年头。他们知道退是绝路,而进总是有希望的。他们所以能在当时和以后的艰难困苦中忍耐着、等待着,就是相信那样的日子会回头,尽管等待的时间太长了一点。我很后悔,如果当年能为他们多炒几盘虾仁,加深他们对于美好的记忆,那,信心可能会更足点!

我回家把这件事告诉了妈妈,妈妈谢天谢地,连忙四处奔走,去借小板车。

小板车借回来了,可那朱自冶却像幽灵似的跟着小板车到了我的家里!他的样子很拘谨,也很可怜。叫他坐也不坐,痴痴呆呆地站在门角落里。我暗自稀奇,现在来找我干什么,难道还对大众菜有意见!

妈妈对朱自冶一直很尊敬，硬拉朱自冶坐下，还替他倒了杯水：

"朱先生，有什么话你就说吧，是不是又和孔碧霞吵架啦？"

"哪有力气吵啊，你们看，瘦的！"朱自冶叹了口气，拍拍他那曾经两度凸出来的肚子，他那肚子是生活的晴雨表。是呀，朱自冶那个颇有气派的肚子又瘪下去了，红油油的大脸盘也缩起来了，胖子瘦了特别惹眼，人变得像个没有装满的口袋，松松拉拉的全是皮。我说："忍耐一下吧朱先生，这对你也是一种磨炼！"

"啊……也对，也对。"朱自冶迟疑着，想站起来，又坐下去。

妈妈是个饱经沧桑的人，她从朱自冶的神态上已经看出，这是一种有求于人而又难以启齿的表现。她在解放前被逼得无路可走时，也曾向朱自冶借过钱，也曾经对我说过，向人借钱的日子最不好过，失魂落魄地跑进门，开不出口来又跑出去，低声下气地不知道要兜几个圈子。她大概是不想让自己受过的罪再让别人受，便替朱自冶壮胆：

"朱先生，有什么话就说吧，说出来也好让我们帮助。人生一世，谁还没有个为难之处！"

"南瓜。"朱自冶没头没脑地开了口，"听说你家去拉南瓜，能不能分点给我，我……我给钱。"

妈妈虽然知道绝不是来借钱的，却没料到他是来讨南瓜，这事儿她不好做主，因为南瓜和我爱人的浮肿病有点关系，万一有个三长两短，那就说不过去。不答应朱自冶吧，她也觉得说不过去，因为她知道许多公子落难、义仆救主的故事，只好抬起头来看看我："小庭，你看哪！"

用不着看了，朱自冶那可怜巴巴的样子就在眼前。从他趾高气扬地高踞在阿二的黄包车上，大摇大摆地出入茶馆酒肆，直到今天抖抖索索地向人家讨几只南瓜，天意的惩罚也是够受的啦！

我点了点头："好，分点给你。"

朱自冶双手一合："谢谢，谢谢，我给钱！"说着便把手伸进口袋，他并没有忘记钱的魔力。

我突然产生了反感："不要钱，你要答应我一个条件！"

"什么条件？"朱自冶又慌了。

"跟我一起去拉板车。不劳动者不得食，总不能再叫人把南瓜送到你家里！"

"当然当然，我一定劳动！可……可我不会拉板车，弄不好会把车子拉到河里。"

我一想，这倒也是个实际问题："你总会推吧，我在前面拉，你在后面推。"

"会，我一定用力推。"

"那好，明天早晨四点钟，你在巷头上烟纸店的门口等我，过时不候！"我给他把时间定死了，劳动者总要守点儿劳动纪律。

第二天早晨三点五十五分，我把小板车拉出了大门，在空寂的小巷里哐啷哐啷地向前滚。

果然不错，朱自冶站在那里哩。我本来的意思是叫他站在烟纸店的屋檐下，那里可以避一避深秋黎明时的寒露。可他却紧紧地裹着一件旧雨衣，像个电线杆似的站在路灯的下面，为的是能让我一眼便看见。我看了很高兴，劳动是能改造人的，起码叫他懂得了准时准点。

"早啊，朱先生，叫你久等了吧。"

"可不是，我已经抽掉了五根香烟！"朱自冶说着便脱雨衣，弯下身来帮我推。

我连忙说："穿上，空车是用不着推的。"我存心要教会朱自冶一点儿劳动的本领，便把车杠向上一提："你看，只要前高后低，重心在后，它自己会向前滚的，费不了多少力。等会儿装了南瓜，也只要你在上坡下桥时帮我一把。到了平地，你只要一手搭住车帮，弯腰向前，把体重压到车帮上，跟着跑跑便可以。"

朱自冶嘘了口气，原来这推车也不费力！他把雨衣向手弯里一搭，甩打甩打地走在我的身边。朱自冶东张西望，兴致勃勃，好像是第一次看到这黎明前的苏州，第一次看到清洁工人在路灯下扫地，第一次听到那粪车在巷子里辚辚地滚过去。

"高经理，现在几点啦，我怎么觉得还是在半夜里。"

"四点零三分。怎么，你没有表吗？"我有点奇怪了，朱自冶的时间怎么是用抽几支香烟来计算的？

"不瞒你说，读大学的时候家里给了我一只浪琴金表，我戴了三天就不想要了，总觉得手腕上多了个东西，很不舒服。"

我差点儿笑出来了，那只浪琴表大概早已下肚，放在肚子里是最舒服不过的。

"那你不要准时上课吗，迟到了也是很不舒服的。"

"迟到，嘿嘿，我根本就不到。野鸡大学，文凭也可以买的。唉，书到用时方恨少呀，现在想看点儿书了，还有许多字不识呢！"

我对朱自冶刮目相看了，不会拉板车也罢，能看点儿书总是好的，开卷有益。

"都看点儿什么书呢？"

"喏，当然是关于吃的，食谱。这些时没有什么吃的了，晚上睡不着，想起自己一生吃过的好东西，好像那些大盘小碗，花花绿绿的菜肴就在眼前。不瞒你说，我在这方面的记忆力特别好，我能记得几十年前吃过的名菜，在什么地方吃的，是哪个厨师烧的，进口是什么味道，余味又是怎样的……你别笑，吃东西是要讲究余味的，青橄榄有什么吃头？不甜不咸，不酥不脆，就是因为吃了之后嘴里有一股清香，取其余味。人真是万物之灵呀，居然能做出那么多好吃的东西！从天上吃到地下，从河里吃到海里。人要不是会钻天打洞地去吃的话，就不会存在到今天！恐龙只会吃草，那么巨大的东西如今又在哪里？……你别叹气。是的，我也觉得很可惜，当年吃过了就算了，也没有写日记，现在回想起来就不那么全面，所以想看食谱，复习复习，还可以煞馋呢！……哎哎，你慢点走啊，听我说，那些食谱看了叫人生气，记载得很不详细，我认为最好吃的里面都没有，特别叫人生气的是看不起我们苏州的菜，都是些奇里古怪的东西，什么皇帝吃过的。皇帝有什么了不起，每天一百只菜，摆摆场面，还不知道有几只是可以吃的！乾隆皇帝为什么要六下江南呀，就是到苏州来吃的……"

我实在熬不住了："快走吧，拉南瓜去！"我把"南瓜"二字说得特别响，目的是让他的头脑清醒点。

"对对，我们绝不能忽视南瓜，用南瓜照样可以做出上等的美味。你们的店里过去有一只名菜，名叫西瓜盅，又名西瓜鸡。那是选用四斤左右的西瓜一只，切盖，挖去内瓤，留肉约半寸许，皮外雕以花纹，备用。再以嫩鸡一只，在汽锅中蒸透，放进西瓜中，合盖，再入蒸笼回蒸片刻，即可取食。食时以鲜荷叶一张衬在瓜底，碧绿清凉，增加兴味。"朱自冶背完了食谱，又摇摇头，"其实那西瓜盅也是假的，鸡里并没有多少瓜味。瓜甜鸡咸，二者不配，取其清凉之色而已。我们可以创造出一只南瓜盅，把上等的八宝饭放在南瓜里回蒸，那南瓜清香糯甜，和八宝饭浑然一体，何况那南瓜比西瓜更有田园风味！……"

够了，这一大篇吃经念下来，已经快到码头了。我也不想打断他的话，也不再希望他有什么转变，这人是本性难移！让你去画饼充饥吧，我可要改变主意。我本来想把南瓜分给他一半，现在重新决定，分给他三分之一。

殊途同归

万万没有想到，一个好吃的人和一个反好吃的人居然站到一起来了！"文化大革命"中我成了走资派，朱自冶成了吸血鬼，两个人挂着牌子，一起站在居民委员会的门口请罪。

朱自冶成为吸血鬼犹可恕说也，我成了走资派……也有道理。因为在困难年过去之后，我觉得时机已到，可以对过去的改革加以检讨，再也不能硬把白菜炒肉丝塞到人家的嘴里了。何况当时的形势和人们的要求也逼着我转变。领导上提出要开高级馆子、卖高价菜，借以回笼货币。我们本来就是名菜馆，更是义不容辞的。人们在困难年中饿坏了，连我这个素以不馋而自居的人，也想吃点好东西。妈妈也到自由市场上去转悠，五块钱一斤豆油，十块钱一只鸡，看了摇头惊呼，还是笑嘻嘻地拎一只回来，加水煎熬，放在我爱人的面前："吃吧，孩子，这两年苦坏了你！"老人说这话的时候眼泪都掉下来了，其实我爱人的浮肿病早已消退。只有小女儿兴高采烈，到处宣扬："我们家今天吃了一只鸡！"好像发生了什么惊天动地的事情！

高价菜又把朱自冶吸引到我们的店里来了，而且是和孔碧霞一起来的。两个人虽然没有套着膀子，却是合拎着一只大草包，一人抓住一个拎襻，相视而笑，十分亲热。那包里装满了高级糖、高级饼，两人刚刚剃过高价头，容光焕发，喜气洋溢，一股子高级香水味。金钱又发生作用了，那垂老的爱情当然是可以弥合的。

二十元一盘的冰糖蹄髈，朱自冶一下子便买了两只，分装在两个饭盒子里。我和朱自冶自从拉了那趟南瓜之后，见了面都要点头，说两句天气，以纪念那一段共同的经历。困难终于过去了，店里有了东西卖，我也觉得增添了几分光彩。看见朱自冶来买蹄髈便和他搭话："好呀，老顾客又回来啦！"

朱自冶也高兴，笑着，拉拉我的手，可那话却是不好听的："没有办法呀，蹄髈和冰糖自由市场上没有，只好到你们店里来买老虎肉！"

"噢……那你为什么不趁热吃，带回去给孩子？"

"不不，你们的蹄髈没烧透，不入味。我们带回家去再烧一下，再用半斤鸡毛菜垫底，鲜红碧绿，装在雪白的磁盘里，那才具备了色香味。你们的菜呀，还差得远呢！"

我听了有点懊丧了，当年不该把南瓜分给他三分之一。可我也接受了教训，决不把这股气扩散到别人的头上去。1963、1964年的供应情况又和"大跃进"之前差不多了，我要致力于炒虾仁，使人对这美好的日子留下深刻的记忆，人总不能老是后悔。可这恢复工作比我当初的改革要困难百倍，从精细到粗放，从严格到马虎，从紧张到懒散，从谦虚到无理都是比较容易的，要它逆转可得费点劲儿哩！

包坤年早就不当"店小二"了，这是在我的启发下改变的。他的行政职务虽然还是服务员（对此他很有意见），服务的时候却像个会议的主持人，高坐在那会场似的店堂里。吃客拥进店堂的时候他便高声大喊："喂喂，不要乱坐，先把前面的桌子坐满！听见没有，你为什么一个人溜到窗子口？"

"同志，请你来一下。"

"要点菜吗？看黑板，都写着咧。"

"同志，我想要两只苏州名菜。"

"名菜？每一只菜都有名字，写得清清楚楚的。"

几乎每天都有吃客吵到我的面前："我们是来吃饭的，不

美食家

是来受气的！"我忙着给人家赔不是，同时抓紧时间开会，做思想工作，订服务公约，批评别人，检查自己。还得感谢我们苏州的滑稽艺术家张幻尔（愿他安息）。他那时编演了一个滑稽戏，名叫《满意不满意》。这戏还真帮了我不少忙，我还请他到店里来做了一次报告，他的报告比我的报告有效，所以便招待了他一顿，没有收钱，是在宣扬费用中报销的。

以上种种，到了"文化大革命"中自然就成了罪孽，说我是全面复辟了资本主义，伤天害理地强迫革命群众去服侍城市里的老爷！张幻尔的那一顿饭也不是好吃的，他陪着我狠狠地被斗了一整天！

包坤年成了头头了，对准着我造反。他那时有一种错觉，认为打倒了局长便可以当局长，打倒了经理便可以当经理。局长已经被人家抢先打倒了，他也只好屈就点，马马虎虎地先当个经理。包坤年确实也具备了各种对我造反的条件：历史清白，一贯拥护革命路线，最最难得的是在1963年便抵制过我的复辟行为，遭到过我的残酷打击！这话也并非完全捏造，1963年我是批评过他，他那"名菜都有名字"的妙语，还被报纸上的一篇文章引用过，虽然没有点名，总会有点压力。所以他在控诉我的罪行时总是义愤填膺，热泪盈眶："那时候黑云压城城欲摧，我势单力薄，孤军奋斗，只好暂时屈服在他的淫威下面，我盼啊，盼啊……"包坤年经常在店堂里看小说，词儿是不少的，也不空洞，他对我的情况十分熟悉，重磅炸弹都捏在他手里。那时候他老是跟着我转，我也把他当作左右手，可算是无话不谈的。诸如我小时候帮朱自冶买过小吃，住了他家的房子不给钱等，有些话是为了说明旧社会的不平，有些话纯属闲聊，并无目的。包坤年把这些事儿都串起来了，批道：

"这个死不悔改的走资派，从小便被资本家收买，眼看蒋家王朝的末日已到，便带着不可告人的目的混入我解放区，混入革命队伍。解放初期伪装积极向上爬，攫取了权力；一有机会便全面复辟资本主义，为他的主子效力！"这些话虽然不合事实，却也很有逻辑性。我是在蒋家王朝末日已到时到解放区去的，解放初期我是很努力，当了经理当然有了权力，一有机会是改变过经营管理！任何事情只要先把它的性质肯定下来，怎么说都有理，而且是不需要什么学问的。"白马非马"，如果我首先肯定了你是只马，那就不管你是白的还是黑的，你怎么玄也休想滑得过去！要不然的话，世界上的黑白为什么会那样容易被颠倒呢？

也有人是出于一种好奇心理："是呀，哪有房屋资本家是不收房钱的？不是一天两天啊，一住几十年，这里面到底是什么关系？"这些人并无恶意，只是想知道人与人之间的秘密关系。

包坤年可要抓住这些关系做文章了，立刻通过居民委员会去外调。

这个朱自冶呀，没说头。他除掉好吃之外还有个致命的弱点——怕打。当包坤年把袖管一捋，桌子一拍，他就语无伦次，浑身发抖。

"说，你有没有收买过高小庭？"

"收……收买过的。"

"怎么收买的？"

"经常给他钱。"

"在什么地方给的？"

"在酒店里。"

"总共给了多少？"

"大……大约有几十万。"

"啊！这么多的钱你是怎样从银行里取出来的？"

"用，用不着取，是零钱。对对，是伪币。"

幸亏包坤年要比我的老祖母明白得多，如果他也只知道铜板和银圆的话，很可能要闹笑话，几十万元的伪币只是一包香烟钱。

"伪币？……伪币也是钱！快说，解放以后你们是怎么勾结的？"

"没有。解放以后他对我不大客气。"

"胡说，把他带走！"

"啊啊，我该死，我忘了，困难年他还给了我一车南瓜哩！"该死的朱自冶呀，他忘了说三分之一，为了这个数字，还害得我多挨了几个拳头！

这下子不得了啦，证据确凿，罪行累累！更不得了的还在后面呢，三转两绕把个孔碧霞也牵出来了。她的前夫解放前夕逃往香港，困难年还从香港给她寄过罐头，秘密指令就藏在罐头里！她是潜伏特务，我和特务内外勾结，窃取国家机密……包坤年看的都是反特小说，看多了自己也会编。你看：天亮前的三点五十五分，朱自冶穿着一件美制的雨衣（那件破雨衣确实是美国货），歪戴着一顶鸭舌帽（没有戴），站在电灯杆下徘徊，连续不断地抽了五支香烟。准四点，高小庭拉着板车从巷子里出来，左右这么一看，轻轻地说了一声"走……"故事的开头很有吸引力，因而十分畅销，到处请他去做批判发言。他没完没了地讲着。我弯成四十五度角站在那里，还要不时地回答问题：

"你有没有罪？"

"有罪，我有罪。"我确实承认自己有罪。当年包坤年听说杨中宝到孔碧霞家吃饭，便编造出杨中宝开地下饭店，而且还有个妖里妖气的女人收钱。我不但没有批评他，却从自己的需要出发，对他重用，加以鼓励。如果编造谎言能得到好处的话，那他为什么不编呢？好处越大，他就会编得更加离奇！

"回答，你是不是罪该万死？"

我拒不回答。我不想死，我要活。我有错误要纠正，还有那愿意为之牺牲的共产主义事业……

拳头又落到我的身上来了，打得并不重，却像刀尖刺在心头，我总觉得包坤年握着的刀柄，有一半儿是我做成的！

居民委员会也不能没有表示，可那批斗的事儿都给包坤年包了，他们捞不到，只好勒令我和朱自冶、孔碧霞早晨到居委会的门口请罪。我和朱自冶终于站到了一起。

挂着牌子站在居委会的门口请罪，那滋味比"押上台来"更难受。押上台去向下一看，黑压压的一大片，也不知道有几人是我认识的。站在居委会的门口就不同了，巷子里早晨进出的都是熟人。那拎着菜篮的老太是看着我长大的，那阿嫂结婚的时候曾经请我坐过席，那孩子嘛……前几天见了我还喊叔叔哩！我低着头不敢看人，人们也不忍看我。好端端的一个人，又不偷又不抢，怎么突然之间像个吊死鬼似的，胸前挂着个牌子，一动不动地竖在那里！有人绕道走了，绕不掉的人便匆匆地奔过去，装着没看见。偏偏我又能从他们的脚步和鞋袜上看得出是谁。看得最准确的当然是我的妈妈了，她小时候缠过足，后来才放开，那双半大的脚围着儿子转过多少回啊，如今是那么沉重而零乱，歪斜而迟疑。

只有阿二满不在乎，他走到我身边便高声咳嗽，轻轻地说："别着急，先熬着点。"

孔碧霞可熬不住呀，她是个爱打扮而又讲风度的人，如今剃了个阴阳头，挂着个女特务的牌子站在那里。特务而加"女"字，更容易引起人们的注目和非议，因为谁都不会想到女特务会做菜，总是会想到女特务会搞一些乱七八糟的男女关系。再加上那个该死的朱自冶，居然交代他曾经看到孔碧霞从外国罐头上剥下商标纸，一直压在玻璃台板里，"破四旧"的时候才烧毁，使得包坤年的故事里又多了一个情节。这密码就在商标纸的背后！孔碧霞又羞、又恨、又急，站了不到半个小时便砰然一声倒地，满脸鲜血，人事不省。亏得居委会主任并不存心要和谁作对，便叫人把她搀回去。

我对朱自治更加反感了，请罪的时候都离他远点，表示我和他并非同类。你朱自治好吃倒也罢了，在那样的情况下，好吃根本就算不了一回事体。可你为什么那么怕打，为了一时的苟安，竟然不顾夫妻情义，提供那种不负责任的细节。由此我也得出结论，好吃成性的人都是懦弱的，他会采取一切手段，不顾任何是非，拼命地去保护、满足那只小得十分可怜而又十分难看的胃！

第二天一早，阿二带着二十多个搬运工人来了，一个个身强力壮，头上戴着柳条帽。队伍由一部大榻车开路，榻车上装着杠棒、绳索和铁钎。车子到了我们的面前时便往下一停，有人大喝一声："是谁叫你们站在这里的？"

朱自治又吓了，慌忙回答："是居委会主任。"

阿二把手一挥："去几个人，把主任找来。"

五六个人同时拥进大门，把主任拉到了大门口。

"是你叫他们站在这里的？"

"是的，请问你们是哪一派的？"居委会主任感到有些来者不善。

"我们是杠棒派，告诉你，这里不许站人，妨碍交通！"说着便有人到榻车上，抽杠棒，拿铁钎。

居委会主任连忙摆手："革命的同志们，这件事情可以商议，可以商议。"

阿二说："这样吧，如果你觉得不好交代的话，那就叫他们到拐弯的弄堂里去扫地。"

居委会主任是个很有社会经验的人，他立刻明白了阿二的用意，也没有必要冒挨打的风险，便对我们挥挥手："回去，各人回家去拿扫帚。"

阿二高兴地瞟了我一眼："不许偷懒，扫得干净点！"

我听了暗自发笑，那拐弯的弄堂是个死弄堂，总共不到三十几米，划不了几扫帚。

可是我却无法和朱自冶分开，我扛着扫帚进弄堂，他也紧紧地盯在我后面，我扫他也扫，我歇他也歇，还要找机会向我表示谢意："还是你的朋友好，够交情！"

我忍不住叫出来了："我的朋友是不讲吃喝的！"

士别三日

其实并不是别了三日，三三得九，整整九年我没有见过朱自冶。他大概还住在五十四号里，我与全家下放到农村去了九年。

九年的时间不算太短了，所见所闻再加上亲身的经历，足够我进一步思考吃饭的问题。在思考中度过了五十大寿。

过生日的那一天，妈妈杀了一只老母鸡，开后门弄来一斤洋河大曲，闷闷地喝了几杯。三杯下肚之后突然惶惑起来，怎么搞的，什么事儿还没有干哪，却已经到了五十岁！解放初期我和五十多岁的老先生一起开会，上下台阶都要看着他们，防止有个闪失什么的。在我的印象中，年过半百已经是老人了；在农民的生活中，五十岁的人如果有儿有女而且儿女都很孝顺的话，他是不挑重担的。"一事无成两鬓斑，长使英雄泪满衫！"我虽然不是英雄，却也流下了几滴眼泪。我在泪眼与醉意中胡思乱想：如果能让我重新工作的话，我第一要……第二要……简直像在做梦似的。梦也是一种预感吧，它有时候也能实现，只是实现起来不如梦中那么容易。

灾难过去之后，我又回到了苏州。这一次可不是背着背包回来了，一家大小，瓶瓶罐罐、台凳桌椅、农具家具装满了一卡车。我对苏州城有点不习惯了，觉得它既陌生又熟悉。大街小巷都没有变，可是哪来的这么多人哩！苏州人没有事儿并不是游园林，而是荡马路。如今，你连过马路都得当心点！在大街上碰到多年不见的熟人时，只能站在人行道的边上讲话，讲话要提高嗓门，还不停地有人从你的肩膀上擦来擦去。大批下放并没有能减少城市的人口，却把个原来比较安静的城市涨得满满的。涨得我连个安身之处也没有了，只好借住在亲戚的家里。也好，这下子可以和那朱自冶离得远点，他在城东，我在城西。

组织部的同志找我去谈话，那位同志也和我差不多的年纪。当年要饿我三天的老部长早已不在了，愿他安息，在"文化大革命"中，他在另外一个城市里"自动跳楼"。什么都懂的丁大头也不在了，他就死在"什么都懂"上面，而我这个什么都似懂非懂的人却活到了今天……

"组织上考虑，你还是回到原来的工作岗位，有什么意见？"

我什么意见也没有，只是感到一阵心酸，忍不住自己的眼泪。如果坐在我面前的还是老部长的话，我会和他抱头痛哭的！

老部长啊，你再也用不着饿我三天了，我已经深深地懂得了吃饭的意义；放心吧，丁大头，我再也不会硬把白菜炒肉丝塞到人家的嘴里。我要拼命地干，我要把时间放大三倍，一份为了老部长，一份为了你……

"不要激动，过去的都过去了，困难还在前面。"

我点点头。这是用不着说的，每次灾难都是首先影响到吃饭，灾难过去之后第一个浪头便是向食品市场冲击，然后才想到打扮，想到电风扇和电视机。

我的估计没有错，但是还有两点没有估计在内。"十年动乱"以后乱是停止了，可那动却是大面积的！人们到处走动，纷纷接上关系，访战友，看亲戚，老同学，老上级，有的被关押了十年，有的从反右以后便失去了联系。人们相互打听，谁谁有没有死，谁谁又在哪里。"好呀，看看去！"几乎是每一个家庭都会发生一次惊呼："啊呀，你怎么来啦……"我虽然反对好吃，可在这种情况之下并不反对请客。我也是人，也是有感情的，如果丁大头还能来看我的话，我得好好地请他吃三天！

还有一点没有估计在内，那就是旅游的兴起。旅游这个词儿以前我们不大用，一般地都叫作"游山玩水"，含有贬义。现在有新意了，是领略祖国的山河之美。不管是什么意思，我都不反对。人是动物，应该到处走走。特别是欢迎外国朋友们来走走，请他们看看我们民族的文化，顺便赚点儿外汇。别以为苏州的园林都是假山假水，人工造的，试问：世界上哪一种文化不是人为的？真山真水虽然伟大，但那算不了文化，是上帝给的。何况苏州的园林假的比真的还典型、集中、完美，全世界独一无二，不是吹的！

苏州的饭菜呢？在这个古老的天堂里吃和玩本来是并驾齐驱的，你既不反对请客，不反对旅游，还欢迎外国朋友，那就不能落后，落后了就要挨打的。

可不是，开始的那阵子人们意见纷纷，什么吃饭难呀，品种少呀，态度坏呀。有人提意见，有人发牢骚，有人指着我的鼻子骂山门。那包坤年还和一帮年轻的吃客打了起来。真的挨了几拳头！没有办法，包坤年也需要有个恢复的过程。"文化大革命"期间他不是服务员，而是司令员，到时候哨子一吹，满堂的吃客起立，跟着他读语录，首先……然后宣布吃饭纪律：一号窗口拿菜，二号窗口拿饭，三号窗口拿汤；吃完了自己洗碗，大水槽就造在店堂里，他把我当初的改革发展到登峰造极！

别人对我发牢骚，我也对别人发牢骚，我的牢骚只能私下里发："现在的事啊，难哪……"不能在店堂里发，如果伙着大家一起发的话，那不是要把店堂吵炸啦！我得注意点，年岁也不小了，不能那么毛毛糙糙。特别是对包坤年，得讲个团结，他整天都在等着我打击报复呢！不错，他在"文化大革命"中打过人，但也只是打过我，没有打过别人。朱自冶招得快，没有挨过打，孔碧霞也不是他打的。他自己也是上当受骗，又没有当上经理，牢骚要比我多几倍！

包坤年挨了人家几拳之后，便到办公室里来找我，面部的表情是很尴尬的："高经理，我……过去，对不起你……"

我连忙摇手："算了算了，过去的事情别提，那也不能完全怪你。如果你是来检讨的话，那就到此为止；如果你有什么事儿的话，那就直说，不必顾虑。"

包坤年翻翻眼睛，半信半疑："我想……我这个人不适宜当服务员，说话的嗓门儿都是两样的，容易惹人家生气。过去的那些年胡思乱想，都是不切实际的。今后再也不能靠吵吵喊喊了，要凭本事吃饭，技术第一。所以我想好好地学点儿技术。"

"你想离开饭店？"

"不，那也是不现实的。我想去当厨师，学烧菜。不管怎么样，我学起来总比别人方便。"

"噢……"我的脑子转悠着，考虑两个问题：一是包坤年的服务态度恐怕一时难改，很难保证他在相当长的时间内不和吃客打起来；二是厨房里确实也需要人，培养年轻的厨师已经成了大问题。我二话没说，马上同意。

包坤年十分满意，到处宣扬："放心，这个走资派是不会打击报复的，我那么打他，他都没有记仇，你贴了张大字报，发过几次言有什么关系！"

别小看了包坤年的宣扬，还真起了点稳定人心的作用。人心思治，谁也不想再翻来覆去。牢骚虽多，可那牢骚也是想把事情做好，不是想把事情弄坏，只不过性急了一点。性急也是一种动力，总比漫不经心好些。

我和同志们仔细研究了吃客的意见，发现除掉有关服务态度之外，要求也很不统一。有的要吃饱，有的要吃好；有的要吃得快（赶着玩儿），有的不能催（老朋友相聚）；有的首先问名菜，有的首先问价钱；有人发火是等出来的，有人发牢骚是因为价钱太贵。不能把白菜炒肉丝硬塞在人家的嘴里，可那白菜炒肉丝也是不可少的，只是要炒得好些。

我的思想也解放了，不搞一刀切，还引进了一点洋玩意。不叫"大众菜"，叫"快餐"，一菜、一汤、一碗饭，吃了快去游园林，否则时间来不及。其实那快餐也和大众菜差不多，只是听起来还有点效率。否则的话，人家一看"大众"便上楼，谁都喜欢个高级。我们把楼下改成快餐部，一律是火车座，皮靠椅，坐在那里吃饭也好像是在旅行似的。青年人特别满意，带劲儿，又新鲜，又花不了他们几个钱。我年轻的时候只知道拖拉机，他们现在比我们当年懂得多，还知道外国有种餐厅是会转的。怎么个转法我也不知道，反正在火车座儿里吃饭也有动的意味。当然，快餐的味道也不错，如果要添菜也可以，熏鱼、排骨、油爆虾、白斩鸡都是现成的。有个青年朋友吃得高兴起来还对着我打响指："喂，最好来瓶威士忌！"这一点我没有同意，我担心那威士忌和伏特加也是差不多的。

楼上设立炒菜部，把会场似的店堂再改过来，分隔成大小不同的房间，一律是八仙桌，仿红木的靠背椅，人多可加圆台面，墙角里还放几盆铁树什么的。老年人欢喜怀旧，进门一看便点头："唔，还是和过去一样的！"其实和过去也不一样了，如果真和过去一样的话，他们也会有意见："怎么搞的，二十多年了，还是这样破破烂烂的！"

当我忙得满身尘土、焦头烂额的时候，背后也有人说闲话："都是这个老家伙，当年拆也是他，现在隔也是他，早干什么的！"我听了心往下沉：什么，我也成了老家伙啦！老……老得还可以嘛，那"家伙"二字是什么含义？也罢，干活儿不能动手抓，总得使几样家伙的，何况我从拆到造也不是简单的重复，内中有改进，有发展，这就叫不破不立。遗憾的是从破到立竟然花去了十多年，我的心里也不是好受的。

改进店堂和引进一点洋玩意都好办，要恢复传统的名菜，全面地提高烹饪技术就难了，难在缺少人才。杨中宝和他的同辈人都纷纷退休了，有的是到了年龄，有的是想尽办法提早退休，好让子女顶替。名菜虽然都有名字，有些菜名青年人连听也没有听到过，他们的心里也很着急，纷纷要求学习，而且对杨中宝十分想念。许多人虽然没有见过杨中宝，但都听师傅说起过，说杨中宝的手艺如何如何，肯定也会说我当年对杨中宝是怎样怎样的。

历史不仅是写在书中，还有口碑世代流传！

我决定去求见杨中宝，希望他不计前嫌，来为我们讲课，按教授待遇，每课给八块钱。

我去的那天天下大雨，大雨也要去！

杨中宝见我冒雨而来，十分感动："啊……你还没有忘记我！"他确实老了，行动蹒跚，耳朵也有点不便。当我说明来意并做了检讨之后，他紧紧地握住我的手，拍拍我的手背："你呀，还说这些干什么呢，那些事我早就忘光了。我只记得那里是我的娘家，我在那里学徒，在那里长大。我发过几次狠了，临死之前一定要回娘家去看看兄弟姐妹。你请也要去，不请也要去。听说你们现在忙得不错哩！"

我听了很感动，这是一个老工人的胸怀，也是一个老工人的心意，他对我们的事业是有感情的，那感情比我深厚。

杨中宝来了，是由他的孙子陪同来的。他先把我们的店里里外外看了一遍，不停地点头叫好，说是和过去简直不能比。特别是那宽大的厨房，冰箱、排气风扇、炊事用具、雪白的灶头，他当年在交际处也没有这种条件。我把所有菜单都请他过目，他看得十分仔细。

杨中宝开讲的时候，全店上下都来了，把个小会场挤得满满的。我请他解放思想，放开来讲，多讲缺点。可是杨中宝讲得很有分寸，入情入理：

　　"我看了，你们工作得蛮好。要说苏州的名菜，你们差不多全有了，烧得也好。缺点是原料不足和卖得太多引起的。这事很难办，现在吃得起的人太多，十块八块全不在乎。据讲有些名菜你们连听也没有听见过，这也难怪，一种菜往往会有很多名字。比如说苏州的'天下第一菜'，听起来很吓人，其实就是锅巴汤……"

　　下面轰的一声笑起来了。

　　"就是锅巴汤，你们的菜单上天天有。有些名菜你们应该知道，但是不能入菜单，大量供应有困难。比如说鲃肺汤，那是用鲃鱼的肺做的。鲃鱼很小，肺也只有蚕豆瓣那么大，到哪里去找大量的鲃鱼呢？其实那鲃肺也没有什么吃头，主要是靠高汤、辅料，还得多放点味精在里面。鲃肺汤所以出名，那是因为国民党的元老于右任到木渎的石家饭店吃了一顿，吃后写了一首诗，诗中写道：'老桂开花天下香，看花走遍太湖旁；归舟木渎犹堪记，多谢石家鲃肺汤。'从此石家饭店出了名，鲃肺汤也有了名气。有些名菜一半儿是靠怪，一半是靠吹。"

我向椅背上一靠，深深地透了口气。

"你们的缺点也不少，为什么把活鱼隔夜杀好放在冰箱里？为什么把青菜堆在太阳里？饭店里的东西除掉酒以外，其余的都讲究就新鲜。过去有一只菜叫活炒鸡丁，从杀鸡到上菜只有三分多钟，那盆子里的鸡丁好像还在动哩！"

包坤年举手发言了："杨师傅，请你说说，这么快都有什么秘密？"

"也没有什么秘密，主要手脚快，事先做好一切准备，乘鸡血还未沥干时便向开水里一蘸，把鸡胸上的毛一抹，剜下两块鸡脯便下锅，其他什么也不管。这……这主要是供表演用的，也可以为厨师增加点名气。"

杨中宝为我们讲了两个多钟头，又到厨房里去实际操作表演；老人的兴致极高，不肯休息，回家后便犯老毛病，睡了十多天。

我本来想打报告，把杨中宝请回来当技术指导，补足他的原工资，外加讲课津贴。现在再也不敢惊动他了，让老人安度晚年。青年人的学习热情很高，不肯罢休，说是刚刚听出来点味道，怎么能停下呢！这话很对，我过去没有重视人才，更没有想到培养的问题，现在悔之未晚，得加倍努力！想来想去，想出了一个主意：出招贤榜！谁熟悉哪个烧菜的名手，都可以推荐，不管是在职的还是退休的，讲一课都是八块钱，年老体弱的人，可以叫出租汽车去接。

这一下可坏了，一张招贤榜又把个朱自冶引到了我的身边！

吃客传经

　　不知道是谁首先想起了朱自冶，一经宣扬以后，人人都同意请朱自冶来讲课。这使我十分吃惊，原来好吃也会有这么大的名气！

　　是的，请朱自冶来讲课的理由是很充分的。他从1938年开始便到苏州来吃馆子，这还没有把他在上海的"吃龄"计算在内，不间断地吃到了"大跃进"之前。"三年困难"之中虽然一度中断，但他从未停止在理论上的探讨，据外间流传，就是在那极其困难的条件下，他写成了一本食谱。"文化大革命"期间他什么都肯交代，唯有这份手稿却用塑料纸包好埋在假山的下面。此种行为本身就可以跻身于科学家、理论家、文学家的行列，且不说他到底写了点什么东西。包坤年说得好："只要他讲讲一生都吃了哪些名菜，就可以使我们大开眼界！"我同意了。我再也不能把个人的好恶带到工作里。何况我不见朱自冶已经整整十年了，十年寒窗还能中状元，你怎么能把个朱自冶看死呢？可是我没有亲自登门求教，是包坤年叫了一部出租汽车去的。朱自冶六十八岁，符合我所说的坐车条件。包坤年说他想借此机会去向朱自冶和孔碧霞检讨，过去的事情是一时昏了头。我想也对。这个检讨由他去做比较适宜，谁欠的账谁还，我也不能包揽。

朱自冶讲课的那一天，也是我主持会议。他的吃经我已经听过一些了，特别是关于南瓜盅，我的印象是很深的，我要听听这些年他到底有了哪些发展。

朱自冶并不是很会讲话的人，尤其是到了台上，他总是结结巴巴，抖抖合合的，讲起吃来可大不相同了，滔滔不绝，而且方法新颖。他一登台便向听众提出一个问题：

"同志们，谁能回答，做菜哪一点最难？"

会场活跃，人们开始猜谜了：

"选料。"

"刀工。"

"火候。"

朱自冶——摇头："不对，都不对，是一个最最简单而又最最复杂的问题——放盐。"

人们兴致勃勃了，谁也没有料到这位吃家竟然讲起了连一个小女孩都会做的事体。老太太烧菜的时候，常常在井边上，一面淘米一面喊她的孙女："阿毛，替我向锅子里放点盐。"世界上最复杂和最简单的事情都有最大的学问在里面，何况我们的几个老厨师都在频频点头，觉得是说在点子上面。

朱自治进一步发挥了："东酸西辣，南甜北咸，人家只知道苏州菜都是甜的，实在是个天大的误会。苏州菜除掉甜菜之外，最讲究的便是放盐。盐能吊百味，如果在鲃肺汤中忘记了放盐，那就是淡而无味，即什么味道也没有。盐一放，来了，肺鲜、火腿香、莼菜滑、笋片脆。盐把百味吊出之后，它本身就隐而不见，从来就没有人在咸淡适中的菜里吃出盐味，除非你是把盐放多了，这时候只有一种味：咸。完了，什么刀工、选料、火候，一切都是白费！"

我听了大为惊讶，这朱自治确实有点道理！

朱自治的道理还在向前发展："这放盐也不是一成不变的，要因人、因时而变。一桌酒席摆开，开头的几只菜都要偏咸，淡了就要失败。为啥？因为人们刚刚开始吃，嘴巴淡，体内需要盐。以后的一只只菜上来，就要逐步地淡下去，如果这桌酒席有四十个菜的话，那最后的一只汤简直就不能放盐，大家一喝，照样喊鲜。因为那么多的酒和菜都已吃了下去，身体内的盐分已经达到了饱和点，这时候最需要的是水，水里还放了味精，当然鲜！"

朱自冶不仅是从科学上和理论上加以阐述，还旁插了许多有趣的情节。说那最后的一只汤简直不能放盐，是个有名的厨师在失手中发现的。那一顿饭从晚上六点吃到十二点，厨师做汤的时候打瞌睡，忘了放盐，等他发觉以后拿了盐奔进店堂时，人们已经把汤喝光了，一致称赞：在所有的菜中汤是第一！

整整的两个小时，朱自冶没有停歇，使人感到他的学识渊博，像冰山刚刚露了点头。他在掌声中走下台来，挺胸凸肚，红光满面，满头的白发泛着银光，更增加某种庄重的气息。包坤年从人群中挤上去，紧紧地拉住了朱自冶的手："朱老，你讲得太好了，我都做了记录，只是记录得不全面，我想带只录音机到府上去拜访，请你再讲一遍。"

"这个嘛……可以，不过最好请你在下午三点以后，我吃了饭得睡一会。"

"当然当然，你以后的报告我一定当场录下来，不再麻烦你。我想根据录音再加以整理。"

"不必了吧，我是随便讲讲的。"

"哪里，你的讲话太珍贵了，不留下来太可惜！"

"好吧，整理好给我看看。"

"一定，一定要请你过目的。"

朱自冶到底在野鸡大学里混过，老来颇有点教授风度。包坤年一贯重视收集材料，包括收集批斗你的材料，热情都是很高的。我也向朱自冶发出邀请，请他下个星期继续讲下去。

朱自冶连续为我们讲了三课，包坤年借来一只四喇叭，把朱自冶的讲话全部录下。可惜的是讲到第二课大家便有点着急，讲了半天的盐，这盐怎么还没有放下去呢？厨师们不像我那么外行，放盐的重要性他们是知道的；他们更想知道朱自冶在放盐上有哪些绝技。朱自冶不像杨中宝，他只肯在台上讲，不肯到厨房里去表演。讲到第三课的时候便开始说故事了，说是哪一年和哪几个人去游石湖，吃了一顿船菜如何精美，哪一年重阳节吃螃蟹，光是那剔螃蟹的工具便有六十四件，全是银子做的。而且讲来讲去只有一个观点，现在的菜和过去不能比，他以前说皇帝不懂吃，现在又说清朝是如何的。我当然不能说他是宣扬今不如昔，却也产生了一点怀疑，饭菜不比文物，文物是越古的越值钱。如果在山洞里发现了一幅原始社会的壁画，哪，了不起！可那山洞里的烤野牛是否也算是最好吃的？厨师们打哈欠了，有的干脆回家去睡觉，说是不听他吹牛。讲到第四课味道就不正了，把什么大姑娘唱小曲、卖白兰花、叫堂会等都夹在菜里面。

我决定叫暂停，可那包坤年有意见，说是这样珍贵的材料如果不及时抢救，那是要对历史负责的！

我听到对历史负责就发怵，心里就没有个底。很难说啊，万一那朱自冶还有许多货真价实的东西没有讲出来，或者说他已经讲出来的东西我们并不理解，那倒真是要负责的！好在这一类的难题现在已经难不倒我了，我也学会了一套，即遇事拿不准时，千万不能说死，这里打一个坝，那里要留一个口，让他走着我瞧着，到时候再说话，总归是我对。

"这样吧，朱自冶的报告必须暂停，因为人们已经听不下去。抢救材料的事情当然不能停，反正你已经开始了，那就由你负责到底，我可以提供一定的条件。"

包坤年雀跃了："买个四喇叭！"

"四喇叭不能买，那是属于集团购买力，要上面批。录音磁带你可以买，宣传费用中可以报销，也不要全买TDK，买点儿国产的。"

包坤年十分满意："高经理，谢谢你的信任，我一定把这个任务好好地完成。"

讲课就这样结束了，朱自冶前后讲了三课，三八二十四，外加出租汽车费。可是事情并没有结束，另外的一个口子还开着哩，那录音磁带不停地向外流。

包坤年每隔一个星期便要报销两盒磁带，而且全是ＴＤＫ，我在批发票的时候便问他："你的任务什么时候才能结束呢？"

包坤年神气活现："啊呀经理，现在的事情闹大了，到处都来请朱自冶做报告，而且都是找我联系，不会有结束的时候。我们也不想结束，决定成立一个烹饪学学会，对外联络可以有个正式的名义。朱自冶当会长，我当副会长，你也是发起人之一。考虑到你的工作忙，所以请你当理事长，挂挂名的。"

"啊！"我的脑袋嗡了一下，立刻产生了一种条件反射，那包坤年又像在"文化大革命"期间一样了，要成立什么战斗队！

"不不，我不能参加，我对烹饪学是一窍不通。"

"不需要你通，表示赞助而已。"

"不不。我赞助不起，我们没有那么多的宣传费，当年请张幻尔吃顿饭，也不过花了一盘磁带的钱。"

包坤年笑了："经理呀，你也真是……赞助不等于要钱，钱我们有办法，可以印讲义。你看地摊上卖的《缝纫大全》，一本一块多，成本才几毛钱？穿的有人要，吃的还愁没有生意！何况我们可以乘做报告的时候往下发，用不着私人掏腰包，人家也有宣传费。"

我看着包坤年直翻眼，佩服。他实在比我还会做生意，我只想到掏私人的腰包，没想到要挖公家的宣传费。可以预料，那比掏私人的腰包更容易。我无权反对他们这样做，只好提一点忠告式的意见：

"讲义也不能瞎编呀，不能把那些大姑娘唱小曲等的东西也编进去。"

"不不，讲义是我执笔的，它和小说不同，全谈学术，牵不到男女关系。"

我笑笑，在发票上签了个名："拿去吧，下次请买国产的。"

包坤年拎起发票抖了抖："放心吧，下次用不着你批了，我们还要买四喇叭，买计算机！"

说实在，我没有把包坤年的话全当真的，他们想得起劲罢了，成立个学会谈何容易！就凭包坤年这点儿烧菜的本领，再加上朱自冶讲放盐，又有多少学术可以研究呢，弄不成的。包坤年欢喜赶时髦，赶那么一阵子就要回头。

我想得太简单了，过分低估了包坤年的活动能力。不错，包坤年在烧菜方面的本领还没有学到家，可是他在估量形势、运用关系方面却很老练。饭店是个公共场所，什么人都有；有名的饭店当然会有有名的人物前来光顾，只要主动热情，多加照顾，帮着订菜订座，那关系便可以搭上去。老的搭不上便搭小的，通过小的也可以牵动老的，包坤年便可由此而登堂入室，看准时机，帮助人家操办家庭宴会。儿女婚事，老友相聚，用得着酒席的地方很多，花几个钱也不在乎，唯一困难的是缺少技术与劳力。包坤年精力充沛，技术虽然不算好，但他能请动技术很好的老师傅。老师傅会烧，朱自冶会吹，包坤年能跑腿，酒席价廉物美，包你满意。乘人家吃得高兴时，他们便宣传烹饪学学会的宗旨，请求赞助。如果他们是成立营养学学会的话，赞助的人可能不多，营养学虽然可以防病健身，延年益寿，但是很难懂，而且也不如烹饪学实惠，烹饪学是看得见摸得着的，硬是有一桌丰美的筵席放在你面前！"学会"二字也很有吸引力，反动学术权威早已打倒了，现在人人都知道，任何学术总比不学无术好，赞助学术不会犯错误，即使错了，学术问题也是可以讨论的，讨论得越多越有名气！

朱自冶的名气越来越大了：一个老专家，在"十年浩劫"中写了一本书，某某经理看了佩服得五体投地，用小汽车接他去做报告，出两百块工资请他当顾问，他不去……

包坤年在外面活动的名声，朱自冶那越来越大的名声，呼呼地吹到我的耳朵里。"让他走着我瞧着，到时候再发表意见。"现在时候已经到了，我也无话可说了。我不能说朱自冶讲课是吹牛，大家别去听，听一次讲放盐还是可以的。我也不能揭朱自冶的老底，说他一贯好吃，死不悔改……正中，一个人要做出点学问来，必须终生不渝，坚持到底！对于包坤年我也不好说什么，我不能说他是开地下饭店，他再也不找我在发票上签字。唉，一切实用主义的工作方法都是自搬石头自砸脚，有的随搬随砸，有的从搬到砸要隔几十年！

口福不浅

过了不久，我的老朋友阿二到店里来找我。我们两个人虽然不再住在一条巷子里，可是两家人家却经常来往。当我搬进新大楼的时候，他们一家都来道喜，连阿二的爸爸也由孙子们搀扶着爬上楼。他对我的妈妈说："恭喜你呀老嫂子，你活了一生一世，从今以后再也不必担心房东会把你赶出去！"我的妈妈老迈了，回不出话来，只是擦眼泪。阿二更是经常到我家来，说说老话，坐一坐。有时候觉得老话也重复得太多了，便抽烟喝茶，无言相对，好像也是一种享受。他直接到店里来找我，这还是第一次。

阿二见了我便把手一举："无事不登三宝殿，有件事情求求你。"

"什么事？"

"我家大男要结婚了，就在这个星期天。我想到你们店里订两桌酒席，可你们要排到三个星期之后！经理呀，能不能帮帮忙呢？"

我为难了："哎呀，你何必来凑这种热闹，人家在饭店里摆酒席是图排场，收人情，省事情。你也准备收人情吗，我应当送几十块呢！"

"去，我也不准备大请客。你家、我家、亲家，还有几个小朋友，总共不到二十人。"

"那好，两桌酒席你家摆不下吗，不能摆在天井里吗？你到店堂里去看看，闹哄哄的，想说几句高兴的话谁也听不见；到时候服务员要下班，拿着扫帚站在旁边，你能吃得安逸？"

"啧啧，哪有卖瓜的说瓜苦的。"

"瓜倒不苦，不是吹的，现在的几只菜都不推扳，表扬信收到了一大堆，可我总觉不如家宴随便。还有一个问题不好解决，我们有店规，凡属本店的工作人员，一律不得在本店与熟人同席，以免吃客们产生误会。你叫我怎么办，站在边上看！"

"嗬，那不能。这一次我要好好地请你喝两杯，当年如果不是你动员我参加失业登记，今天的情况也许就是两样的。"

"行，自家办。我可以帮助你请个好厨师，呱呱叫的手艺。"

阿二笑了："那倒不必，我们家人手多，个个能动手。鸟枪换炮啦，伙计，人人都有一两样拿手菜哩！"

"更好，一人烧一只，我烧最后的一只汤。"

阿二拱拱手："免了，你的汤我已经领教过了。星期天晚上早点来，等你。"

我的心里喜滋滋的，真的等着这桌酒席。我给他家惹过麻烦，害得阿二的爸爸摆葱姜摊头。也就是在那个天井里，阿二叫我去拉过南瓜，如今在那里摆上两桌酒啊，不吃也美！

正当我美的时候，包坤年蹦跳着进来了，看样子他也很美；我美他也美，这个世界才会变得更美！

包坤年高高地叫了一声："经理，给！"把一张印着金字的大红请柬塞到了我手里。我把请帖翻过来一看："为庆祝烹饪学学会成立，特定于二十八日中午（星期日）假座××巷五十四号举行便宴招待各界人士，务请大驾光临。"好，又是一顿酒席来了！我对这桌酒席的反应很快，不假思索地便说了出来："抱歉，我星期天有个约会，要到人家吃喜酒去。"说着便把请帖向桌上一丢。

包坤年搔搔头皮："你那是什么时候？"

"晚上六点。"我又不假思索地说了出来。

"好极了，不冲突，我们是中午十二点。"

我再把请帖拿起来看看，果然不错，"中午"二字明明白白地印在那里。我只好摆观点了："不行，我没有参加你们的学会，也算不了是哪一届的人士，去是不合适的。"

"经理呀，正是因为你不肯当理事长，才使得我们的工作进行得十分顺利，空出一个理事长的位子来，解决了大问题！要不然的话，我们早就吵散啦，学会到今天也不能成立！"

"噢！"原来如此，参加是一种赞助，不参加还是更大的赞助！事物的因果关系实在是微妙之极！

"去吧经理，某某某都去了，你不去是不像话的。又不是开会，也不要你发言，纯粹是吃，一顿美餐，不去很可惜。"

"我不大喜欢吃。"

"那就少吃点，见识见识，对你来说也是一种业务学习。老实告诉你吧，这一桌酒席是百年难遇。朱自冶指挥，孔碧霞动手，我们几个人已经忙了四天。所有的理事都想参加，挤不进来大有意见。没有办法，孔碧霞有规矩，最多不得超过八人，再三商量才同意改用圆台面，连你十个。"

包坤年的话使我动摇了。当年杨中宝到孔碧霞家去吃饭，只听说吃得好上天，却一直不知道究竟吃了些什么东西。如今有了机会，不去见识一下是会终身遗憾的。何况我参加不参加都是赞助，如果再空出一个位子来，还不知道会引出什么后果哩！

"好吧，我去。"

"一言为定，不来接你了，五十四号你是熟悉的。"

"太熟悉了，我闭上眼睛也能摸到。"

五十四号我是很熟悉，读中学的时候我每天都要从那里经过，常常看见有许多油光锃亮的黄包车停在门口，偶尔还有一辆福特牌的小轿车驶过来，把巷子里的行人挤得纷纷贴上墙头。那两扇黑漆的大门终日紧闭着，门上有一条缝，一个眼。缝里投信件，眼里装有玻璃，据说这是一种窥视镜，里面能看清外面，外面看不见里面，叫花子是敲不开门的。那时候沿门求乞的人很多，差不多的人家都装有这种东西。我从来不知道那门里是什么样子，只是看见那高高的围墙上长满了爬墙虎，每到秋天便飘送出桂花的香气。如今的桂子又飘香了，我从一个孩子变成了"各界人士"，又到了五十四号的门前。

那两扇黑漆斑驳的大门敞开着，有一位年轻而漂亮的妇女站在门里面。她的穿着很入时，高跟皮鞋，直筒裤，银灰色的衬衫镶着两排洁白的蝴蝶边，衬衫也是束腰的。她笑嘻嘻地迎了上来，我以为是收入场券的，连忙把请柬掏出来给她看。她掩嘴，深深一鞠躬，左手向前一伸："请进。"跟着便高声地叫喊："妈妈，高经理来啦！"

噢……对了，她就是孔碧霞的女儿，是那个政客兼教授留下来的。姑娘也应该有这么大了，连我的女儿都有孩子了。我再回过头来看看她，活像孔碧霞，孔碧霞年轻的时候，也该是一代风流！

孔碧霞从那条铺着石子的花径上走过来了。我抬头一看，简直不认识了，她好像已经把原来的脸形留给了女儿，自己变成了一个半老的贵妇。现在不会有人喊她"干瘪老阿飞"了，她也发了胖，胖得丰满圆润，比站在居委会门前请罪时年轻得多。她的头发向上反梳着，在后脑上高高隆起。这种高，正好抵消了因发胖而造成的横向发展，所以不会造成人们视觉上的错误，好像发了胖的女人都比以前矮点。她的衣着并不花哨，时间已经使她懂得了打扮的真谛：年轻而漂亮的人不管穿什么衣裳都好看，淡妆浓抹都相宜；年老的人如果要打扮的话，主要是用衣着来表示某种风度和气质而已。所以孔碧霞的衣着很素净，一件普通的蓝色西装外套，做工考究，质地高贵，和她的年龄、体形都很相配。

孔碧霞对我很热情，像她这样精细的人，很难忘记细小的事情。

"高经理呀，就怕你不来哪。哟，也老了，当阿爹了吧？"

"没有，刚当上外公。"

"好，都是一样的。快请进，就等你开席。"

我跟着孔碧霞往前走，一个优雅而紧凑的庭院展现在面前。树木花草竹石都排列在一个半亩方塘的三边，一顶石板曲桥穿过方塘，通向三间水轩。在当年，这里可能是那位政客兼教授的书房，明亮宽敞，临水是一排落地的长窗。所有的长窗都大开着，可以看得清楚，大圆桌放在东首，各界人士暂时都坐在西头。

包坤年从曲桥上走过来了，把我向各界人士一一引见，其中有两位是朱自冶的老吃友，我当年替他们买过小吃的。有一位是我的老领导，我年轻时便听过他的报告。其余的三位我都不熟悉，一个沉默寡言，两个谈笑风生，谈吐间流露出一股市侩气。

朱自冶穿着一套旧西装，规规矩矩地系着一条旧领带，领带塞在西装马甲里。这套衣裳不知道是从哪个箱子的角落里翻出来的，散发着浓重的樟脑味，可是朱自冶穿着并不显得滑稽，反而使我肃然而有敬意。好熟悉，这种装束是在哪里见过的？对了，我在读高中的时候，老师们的衣着基本上分为两大派：一派是长袍蓝衫，一派是西装革履。国文教员总是穿长袍，物理教师都是穿西装的。烹饪学属于科技，穿长袍蓝衫显得太陈旧，穿制服又没有特点，穿崭新的西装又显得没有根基，西装而是旧的，妙极！好像是一个潦倒多年的老科学家刚被重视，刚被发现！这一身打扮肯定是出于孔碧霞的大手笔，朱自冶穿衣裳一贯是很拆烂污的。

朱自冶多年不穿西装了，行动很不自然，碰碰撞撞地越过几张椅子，把一本烹饪学讲义塞到了我的手里。我拿着讲义在我的老领导的面前坐下，也觉得十分拘谨。解放初期当我还在工作队的时候，曾经和这位领导同志有过一段时间的接触，在我的印象中他是个不苟言笑，要求严格，对知识分子有点不以为然的人。我们那一伙"小资产"在他的面前都装得十分规矩而谨慎。今天在此种场合中相遇，还使人感到有点手足无措，最主要的是找不出话来，只好把手中的讲义慢慢地翻阅。

"小高。"

"嗳！"

老领导叫了我一声小高以后，也发现我的年纪已经不小了，立刻改了口："老高呀，你要好好地看看这本书，多向人家学习学习。"

"是，我一定好好地拜读。"

"现在不能靠外行领导内行了，要好好地钻进去。"

"是的，我在这方面过去犯过错误。"

"知道错误就好，现在还来得及。"

我点点头，继续把讲义翻下去，发现这本由朱自冶口述，包坤年整理的大作并不是什么新鲜的东西，是从几种常见的食谱中抄录而来的，而且错漏很多，不知道是抄错的还是印错的。我抬起头来看看朱自冶，想向他提出一点问题，可那朱自冶却避开我的目光，双手向前划着，好像赶鸭子似的请大家入席。

人们鱼贯而出，互相谦让，彬彬有礼，共推我的老领导走在前面。

人们来到东首，突然眼花缭乱，都被那摆好的席面惊呆了。洁白的抽纱台布上，放着一整套玲珑瓷的餐具，那玲珑瓷玲珑剔透，蓝边淡青中暗藏着半透明的花纹，好像是镂空的，又像会漏水，放射着晶莹的光辉。桌子上没有花，十二只冷盆就是十二朵鲜花，红黄蓝白，五彩缤纷。凤尾虾、南腿片、毛豆青椒、白斩鸡，这些菜的本身都是有颜色的。熏青鱼、五香牛肉、虾子鲞鱼等颜色不太鲜艳，便用各色蔬菜镶在周围，有鲜红的山楂，有碧绿的青梅。那虾子鲞鱼照理是不上酒席的，可是这种名贵的苏州特产已经多年不见，摆出来是很稀罕的。那孔碧霞也独具匠心，在虾子鲞鱼的周围配上了雪白的嫩藕片，一方面为了好看，一方面也因为虾子鲞鱼太咸，吃了藕片可以冲淡些。

十二朵鲜花围着一朵大月季，这月季是用钩针编结而成的，可能是孔碧霞女儿的手艺，等会儿各种热菜便放在花里面。一张大圆桌就像一朵巨大的花，像荷花，像睡莲，也像一盘向日葵。

人们从惊呆中醒过来了，发出惊讶的叹息：

"啊……"

"啧啧。"

还没有入席我就受到批评了："老高，你看看，这才是学问哪！看你们那个饭店，乱糟糟的。"

我没有吭气，四面打量，见窗外树影婆娑，水光耀廊，一阵阵桂花的香气。庭院中有麻雀吱吱唧唧，想当年那位政客兼教授身坐书房……

朱自冶又把两手向前划着，邀请大家入席。同时把领带拉拉松，做即席讲话：

"诸位，今天请大家听我指挥，喝什么酒，吃什么菜，都是有学问的。请大家不要狼吞虎咽，特别是开始时不能多吃，每样尝一点，好戏还在后面，万望大家多留点儿肚皮……"

人们哈哈地笑起来了，心情是很愉快的。

"……吃，人人都会，可也有人食而不知其味，知味和知人都是很困难的，要靠多年的经验。等会儿我可以一一介绍，敬请批评指教。开席，拿酒杯。"

包坤年立即打开酒橱，拿出一套高脚玻璃杯，两瓶通化的葡萄酒。这一套朱自冶不说我也懂了，开始的时候不能喝白酒，以免舌辣口麻品不出味。可我就想喝白酒，我学会喝酒是在困难、苦闷的时刻，没有六十四度不够味。

包坤年替大家斟满了酒，玻璃杯立刻变成了红宝石，殷红的颜色透出诱人的光辉。葡萄美酒夜光杯，那制作夜光杯的白玉之精也可能就是玻璃。

包坤年是副会长，斟完了酒总要讲几句的，为了要突出朱自冶，多讲了也不适宜，便举起筷子来带头："同志们请吧，请随意……"

朱自冶也不想为别人留点面子，煞有介事地制止："不不，丰盛的酒席不作兴一开始便扫冷盆，冷盆是小吃，是在两道菜的间隔中随意吃点，免得停筷停杯。"说着便把头向窗外一伸，高喊："上菜啦！"

随着这一声叫喊，大家的眼睛都看住池塘的南面，自古君子远庖厨也，厨房和书房隔着一池碧水。

电影开幕了：孔碧霞的女儿，那个十分标致的姑娘手捧托盘，隐约出现在竹木之间，几隐几现便到了石板曲桥的桥头。她步态轻盈，婀娜多姿；桥上的人，水中的影，手中的盘，盘中的菜，一阵轻风似的向吃客们飘来，像现代仙女从月宫饭店中翩跹而来！该死的朱自冶竟然导演出这么个美妙的镜头，即使那托盘中装的是一盆窝窝头，你也会以为那窝窝头是来自仿膳，慈禧太后吃过的！

托盘里当然不是窝窝头，盖钵揭开以后，使人十分惊奇，竟然是十只通红的番茄装在雪白的瓷盘里。我也愣住了，按照苏州菜的程式，开头应该是热炒，什么炒鸡丁、炒鱼片、炒虾仁等等，第一只菜通常都是炒虾仁，从来没见过用西红柿开头！这西红柿是算菜还是算水果呢？

朱自冶故作镇静，把一只只的西红柿分进各人的碟子里，然后像变戏法似的叫一声："开！"立即揭去西红柿的上盖：清炒虾仁都装在番茄里！

人们兴趣盎然，纷纷揭盖。

朱自冶介绍了："一般的炒虾仁大家常吃，没啥稀奇。几十年来这炒虾仁除了在选料上和火候上下功夫以外，就再也没有其他的发展。近年来也有用番茄炒虾仁的，但那味道太浓，有西菜味。如今把虾仁装在番茄里面，不仅好看，而且有奇味，请大家自品。注意，番茄是只碗，不要连碗都吃下去。"

我只得佩服了，若干年来我也曾盼望着多给人们炒几盘虾仁，却没有想到把虾仁装到番茄里。秋天的番茄很值钱，丢掉多可惜，我真想连碗都吃下去。

唔，经朱自冶这么一说，倒是觉得这虾仁有点特别，于鲜美之中略带番茄的清香和酸味。丁大头说得不错，人的味觉都是差不多的，不像朱自冶所说有人会食而不知其味。差别在于有人吃得出却说不出，只能笼而统之地说："啊，有一种说不出的好吃！"朱自冶的伟大就在于他能说得出来，虽然歪七歪八的有点近于吹牛，可吹牛也是说得出来的表现。在尽情的享受和娱乐之中，不吹牛还很难使那近乎呆滞的神经奋起！

"仙女"在石板曲桥上来回地走着，各种热炒纷纷摆上台面。我记不清楚到底有多少，只知道三只炒菜之后必有一道甜食，甜食已经进了三道：剔心莲子羹、桂花小圆子、藕粉鸡头米。

朱自冶还在那里介绍，这种介绍已经引不起我的兴趣。他开头的一笔写得太精彩了，往后的情节却是一般的，什么芙蓉鸡片、雪花鸡球、菊花鱼等，我们店里的菜单上都有的。

人们的赞叹和颂扬也没有停歇：

"朱老，你的这些学问都是从哪里得来的？"

"很难说，这门学问一不能靠师承，二不能靠书本，全凭多年的积累。"

"朱老，你过了一世的快活日子，我们是望尘莫及。"

"哪里。彼此彼此，'文化大革命'和困难年也是不好过的。"

"算啦，那些事情都过去了，吃吃！"

"是呀，将来到了共产主义，我们大家天天都能吃上这样的菜！"

我听了肚里直泛泡，人人天天吃这样的菜，谁干活呢，机器人？也许可以，可是现在万万不能天天吃，那第五十八代的机器人还没有研制出来哩！

"老高。"

"……"

"你为什么不说话呀，像朱老这样的人才你以前一点儿也不知道吗？"

"知道，我很早便知道。"

"那你为什么不请他去指导指导，把你们的饭店搞搞好。"

"请……请过，我们请他讲过课。"

"那是……临时的，没有个正式的名义。"

人们突然静下来，目光都集中在我的身上。我凝神了。在今天这顿美餐里，似乎要谈什么交易？！

"名义……这名义就很难说了。"

"也是一种专家嘛！"

"叫什么专家好呢？"我等待着人们的回答。科学家、文学家、表演艺术家，你哪一家都靠不上去！

"吃的……"说不下去了，"吃的专家"是骂人的。

"会……"会吃专家也不通，谁不会吃？

包坤年把筷子一举："外国人有个名字，叫'美食家'！"

"好！"

"好！"

"对！"

"美食家，美食家！"

"来来，为我们的美食家干一杯！"

朱自冶踌躇满志了，忍不住把那旧西装敞开，举杯离座，绕台一周，特别用力地和我碰了碰杯，差点儿把那薄薄的玻璃杯都碰碎。是呀，他那吃的生涯如今才达到了顶点，辛辛苦苦地吃了一世，竟然无人重视，尚且有人反对，他的真正的价值还是外国人发现的！

我只恨自己孤陋寡闻，一下子就败在包坤年的手里。我只知道引进"快餐"，却没有防备那"美食家"也是可以引进的。好吃鬼、馋痨坯等都已经过时了。美食家！多好听的名词，它和我们的快餐一样，也可以大做一笔生意。如果成立世界美食家协会的话，朱自冶可当副主席；主席可能是法国人，副主席肯定是中国的！

人们在欢乐声中拨动了第十只炒菜，这时候孔碧霞走了进来，询问大家对炒菜的意见。人们纷纷道谢，邀请孔碧霞同饮一杯，我站起身来为孔碧霞斟满酒，举起杯：

"谢谢朱师母，你的菜确实精美，谢谢你，也谢谢孩子，她为我们奔走了半天。"我对孔碧霞也没有多少好感，但是我得承认，她的确是做菜的能手，一级厨师的手艺，应该由她来当烹饪学学会的主席或者副主席。世界上的事情往往是会做的不如会吹的，会烧的也不如会吃的！

孔碧霞很高兴："哪里，能得到经理的称赞很不容易。"她举起杯来画了个大圈子："怠慢大家了，几只炒菜连我也不满意，现在没有冬笋，只好用罐头。"

"啊，没说的。"

"来来，为美食家的夫人干一杯！"

一杯干了以后，包坤年开始收酒杯了，别以为宴会已经结束，早着呢，现在是转场，要更换道具的。

朱自冶又拿出一套宜兴的紫砂杯，杯形如桃，把手如枝叶，颇有民族风味。酒也换了，小坛装的绍兴加饭、陈年花雕。下半场的情绪可能更加高涨，所以那酒的度数也得略有升高。黄酒性情温和，也不会叫人口麻舌辣。我向那酒橱乜了一眼，看见还有两瓶五粮液放在那里，可能是在喝汤之前用的。我暗自思忖，这桌饭不知是谁出钱，是朱自冶的银行存款呢还是人家的宣传费？

孔碧霞告辞以后，下半场的大幕拉开，热菜、大菜、点心滚滚而来：松鼠鳜鱼、蜜汁火腿、"天下第一菜"、翡翠包子、水晶烧卖……一只"三套鸭"把剧情推到了顶点！

所谓三套鸭便是把一只鸽子塞在鸡肚里，再把鸡塞到鸭肚里，烧好之后看上去是一只整鸭，一只硕大的整鸭趴在船盆里。船盆的四周放着一圈鹌鹑蛋，好像那蛋就是鸽子生出来的。

人们叹为观止了：

"老高。"

"……"

"你看看，这算不算登峰造极？"

"算。"

"就凭这一手，让老朱到你们的店里去当个技术指导还不行？每月给个百儿八十的。"

我明白了，这恐怕是今天的中心议题，连忙采取推挡术："不敢当，我们的庙小，容不下大菩萨。"

"你们的庙也不小啊，就看方丈的眼力啰……"

幸亏那只三套鸭帮了忙，当它被拆开以后人们便顾不上说话了，因为嘴巴的两种功能是不便于同时使用的。

我看了看表，这顿饭已经吃了将近三个钟头，后面还要喝五粮液（我很想喝），还会有一只精彩的大汤做总结，还会有生梨或者是菠萝蜜。可我不敢终席了，因为终席之后便是茶话，那圈套便会绕到我的脖子上面。

"实在对不起，我下面还有一个约会，不能奉陪到底。谢谢朱先生，谢谢诸位，谢谢……"我不停地说谢谢，不停地向后退，退了五步便转身，径直奔石板桥而去。过得桥来回头看，见那长窗里的人都待在那里。

我觉得今天的举止很不礼貌，也不光彩，好像是逃出来的。如果不向女主人打个招呼，那孔碧霞会伤心，她是很要面子的。

孔碧霞和她的女儿还在忙着，听说我要走，有点儿扫兴："啊呀，大概是我做的菜不好吧，不合你的口味！"

"哪里，你的菜做得确实不错，什么时候请你到我们的店里去讲讲，交流交流。"

孔碧霞笑了："有什么好交流的，这些菜你们都会做，问题是你们没有这么多的时间，细模细样地做，还得准备个十几天……哎，你不能再坐会儿吗，还有一只大汤咧。"

"知道……"我突然想起件事情来了，"朱师母，今天的甜菜里面怎么没有南瓜盅？困难年朱先生和我一起去拉南瓜的时候，说是要创造出一只南瓜盅，有田园风味！"

孔碧霞咯咯地笑了："你听他瞎吹，他这人是宜兴的夜壶，独出一张嘴！"

巧克力

出了五十四号向西走，到阿二家去。天啊，那里还有一桌酒席等着我哩！我什么也不想吃了，三套鸭不好消化，那一番谈话也值得回味。可我想和阿二和他的爸爸干几杯，当然是白酒，六十四度，喝下一口之后像一条热线似的直通到肚里，哈的一声长叹，人间无数的欢乐与辛酸都包含在内。

秋天对这个城市来说，都是金色的。苏州也不例外，天高气爽，不冷不热，庭院中不时地送出桂花的香气。小巷子的上空难得有这么湛蓝，难得有白云成堆。星期天来往的人也不多，绝大部分人都在忙家务，家务之中吃为先，临巷的窗子里冒出水蒸气，还听到菜下油锅时嗞啦一声炸溜。

从五十四号到阿二家，必须经过我原来住过的地方，这地方的样子一点儿也没有变。石库门，白粉墙，一排五间平房向里缩进一段，朱自冶住过的小洋楼就在里面。我仿佛看见阿二的黄包车就停在门前，朱自冶穿着长袍从门里出来，高踞在黄包车上，脚下铃铛一响，赶到朱鸿兴去吃头汤面。四十年来他是一个吃的化身，像妖魔似的缠着我，决定了我一生的道路，还在无意之中决定了我的职业。我厌恶他，反对他，想离他远点。可是反也反不掉，挥也挥不去，到头来还要当我的指导，每月给个百儿八十的。百儿八十是多少？加起来除以二，正好是一百元人民币！如果杨中宝能来当指导，我情愿在一百之外再加二十，奖金还不计算在内。可这朱自冶算什么，食客提一级最多是个清客而已，他可以指导人们去消遣、去奢靡，却和我们的工作没有多大的关系。美食家，让你去钻门子吧，只要我还站在庙门口，你就休想进得去！

一直走到阿二家，我心中的怨气才稍稍平息。这里是个欢乐的世界，没有应酬，没有虚伪，也谈不上奢靡。天井里坐满了人，在那里嗑瓜子，吃喜糖。我的一家都来了，包括我那个刚满周岁的小外孙在内。这孩子长得又白又胖，会吃会笑，还会做眯眼，捏捏小拳头和人表示再会。现在都是独生子女，一个娃娃可以有六个大人在他的身上花费物力和精力。满天井的人都以娃娃为中心，给他吃，逗他笑，从这个人的手里传到那个人的手里。

有人把硬糖塞到我那小外孙的嘴里，他立刻吐了出来。

"怎么，他不吃糖吗？"

"他呀，要吃好的！"

"试试，给他巧克力。"

有人拿了一条巧克力来，剥去半段金纸，塞到孩子的手里。果然，这孩子拿了就往嘴里送，吃得咂咂地流口水。

人们哄笑起来了："啊呀，这孩子真聪明，懂得吃好的！"

我的头脑突然发炸，得了吧，长大了又是一个"美食家"！我一生一世管不了个朱自冶，还管不了你这个小东西！伸手抢过巧克力，把一粒硬糖硬塞到孩子的小嘴里。

孩子哇的一声哭起来了……

满座愕然，以为我这个老家伙的神经出了问题。

1982年9月

附言：

本文是小说，纯属虚构，不得已而借用苏州风物，此亦文学之惯技，务请读者诸君不必一一查对。

作者再拜

享福

一

一群西方的旅游者同时举起照相机，对着东林寺巷咔咔地揿个不歇。

这东林寺巷也没有什么特别，是一条普普通通的巷子，狭长深邃，弹石路面，两边都是低矮的平房，晾衣裳的竹竿横担在两边的屋檐上面，红、绿、黄、白的衣衫像欢迎外宾的彩旗。

可以肯定，外宾对这种彩旗不会有太多的兴趣，因为所晾的衣服既无长袍马褂，更无凤冠霞帔，都是些牛仔裤、花衬衣、夹克衫之类，谈不上什么新潮服装，又缺少东方古老的情趣，没有什么风光可以摄取，也没什么新鲜可以猎奇。

有的！

就在那些不三不四的彩旗下面，慢慢地移过来了一堆黑乎乎的东西，这堆东西引起了旅游者的注意，自动相机的闪光灯忽闪忽闪，总加起来大概拍掉了一卷胶片。

在那不大平整的弹石路面上，有一辆小板车慢慢地移过来了，车上装着黑乎乎的蜂窝煤球，这玩意儿北方人叫煤饼，苏州人比较恋旧，小煤球已经变成大煤饼了，还得叫煤球，宁愿加上"蜂窝"二字，叫蜂窝煤球，简称蜂窝球。

板车、煤球，这两样东西在西方人看来已经有点怪异，更何况那拉板车的是一位瘦骨嶙峋的老妪。这位老妇人满头白发，满脸皱纹，那皱纹之深使得她的面部像一块干涸龟裂的沼泽地，眼睛是两个干枯的池塘，紧闭的嘴巴是无水的河流。她浑身上下除掉头发是白的之外，其余的地方都是黑的，沾满了煤屑。她两手扶着车把，车缰斜勒在胸前，弯腰，昂首，咬牙，用力拉，车后还有个小男孩，小手搭着车帮，踮脚蹬地，扑身前推。这一老一小，一个像弓，一个像箭，牵引着这一车生活的重负慢慢地向前。

冬日的残阳从东林寺巷的西头射过来，那时光之手可以把板车、煤球、老妪推回五六十年，推进30年代的木刻、20年代的油画，甚至18世纪的雕塑。此种人生的画图可以加上诸如"挣扎""苦力""黄昏""路漫漫"等的标题。半个世纪之前，许多画家、摄影家、雕塑家，常常欢喜表现凄惨的苦力，留下的不朽的名作，都高悬在艺术的殿堂里。如今，这样的图景在西方已经消失，在中国也不多见。瘦骨伶仃的老妪拉着一车煤球，看起来很不人道，也不美，可却是一种活着的资料，十分珍贵。

这位被当作资料的老妇人，对外宾的照相毫不介意，似乎已经习惯了此种场面。她是替人家送煤球的，每百斤的送力是八角，爬一层楼梯加一毛钱，这两个微不足道的数字就是她的一切。外国人拍照没有动她的一根毫毛，无所谓，不收费。车后的那个小男孩却故意避开镜头，当外国人举起相机的时候，他便把头埋在车帮的下面，等到外宾离去，板车拉出了巷口之后，那小男孩才从车后走到车前，帮着他的奶奶稳住车把，抬高，使得重心移到车轴的后面，用不着使劲拉，板车便能轻快地向前。

老妇人一手扶着车把，一手摩挲着小孙子的头，脸上的粗线条变细了，皱纹也重新排列，一脸的喜悦、心疼、爱怜：

"小丹丹，今天有没有同学欺负你？"

"奶奶，你为啥老是要问呀，我也不是好欺负的！"小丹丹昂首凸肚，握紧拳头，在奶奶的面前显示威力。

"是呀是呀，奶奶总是记得，你爸像你这么大的时候，每天放学回来总是哭哭啼啼。"

"我爸没用，这是我妈说的。"

"哼，你妈也太有用了，其实也赚不了几个钱，还不如你奶奶挣得多哪。对了，小丹丹，你不是想要那小轮盘的自行车吗，等你再长大一点，后年……不，明年。明年你过十岁的时候，奶奶买一辆送给你。"

"谢谢奶奶，我骑自行车带奶奶到虎丘山去。"

老奶奶不由得亲了一下孙子的脸："好乖乖，奶奶用不着你带，奶奶能用小板车拉你到虎丘山去。"老妇人说着，便把板车停在路边，"丹丹，你坐在车杠上别动。奶奶去给你买点吃的。"

"奶奶，你别买，妈妈关照过，不能吃你的东西。"

"听她的！不吃奶奶的东西哪里会有你爸，会有你？"

老妇人走上人行道，走到一家个体户开的小店门前："买两包云烟，两包巧克力。"

"哎哟，马老太，你今天是发了洋财还是怎么的？"开小店的是一位退休的纺织女工，也只有她们这一辈的人才知道这位老妇人姓马，其余的人只知道她是送煤球的。再长一辈的人才知道她叫马玉英，当年是从苏北逃荒到苏州，夫妻二人都是拉板车的。

马老太笑笑："怎么啦，只有你们开店的人才有钱，送煤球的人就花不起？"

"别说大话了，你自己哪一天买过我的东西，还不是为儿孙做马牛。"

"你呢，你自己有退休工资，为啥还要站在柜台上吃西北风呢，你为啥人做马牛？"

两个为儿孙做马牛的老妇人都咯咯地笑起来了，她们感觉不到做马牛的痛苦，反而有几分满足，几分得意，似乎是做了一辈子的马牛还没有做够。

马老太拿着香烟和巧克力，走到板车的后面，从一个布袋里拖出孙子的书包，把两包云烟和一包巧克力塞进书包，拆开另一包巧克力送到孙子的手里："这一包你在路上吃，吃到家也就差不多了；那一包是明天到学校里吃的，都不要给你妈看见，两包好烟是给你爸的，关照他少抽点，抽好的，抽螫脚的香烟伤身体。"

马老太吩咐过后便替孙子背上书包："回去复习功课吧。路上当心汽车。"

"不，奶奶，我要帮你推车，送完了煤球再回家。"

"好乖乖，奶奶不要你推车，你看，这一路过去都是柏油马路，煤球又是送到平房里，用不着爬楼梯，放心吧，啊……早点儿回家。"

"奶奶再见。"小丹丹依依不舍地走了，走了几步又回头，挥挥手。

马老太脸上那两个干涸的池塘湿润了，只有孙子的小手才能挖掘出深藏在心底的泉流。她套上车缠，拎起车把，弯腰昂首，用力迈出起动的几步，很吃力，但是有奔头。看，看那挥动的小手、书包、巧克力……这是她生命的源泉，活着的动力。

二

斜阳也照着东林寺巷的一座小楼，这小楼像大轮船上的驾驶舱，高高地矗立在巷头上。

楼上住着的也是一位老人，那一年七十三岁，和拉板车的马老太是同庚，看上去可比马老太年轻十岁。白发不多，红光满面，胖胖地凸出个肚皮。衣着也比较入时，穿白衬衫，打红领带，外罩一件深咖啡色的羊毛套衫，套衫的产地是意大利。头上歪戴一顶小帽，小帽的名称叫法兰西。这法兰西小帽的通俗名称叫洋瓜皮，又称一磕头，据说女孩子戴它是模仿电影明星刘晓庆，老头子戴它是参照大画家刘海粟的。

住在楼上的这位老人也姓刘，叫刘一川，也能写几笔、画几笔，虽然不能和刘海粟相比，在东林寺巷这一带也小有点名气。刘一川所以有点小名气，其实和他的字画也没有太多的关系，而是因为他在东林寺巷这一带好像是一艘船，虽然不是一艘大船，但却是一艘不沉的船，四十年来一直在颠簸的人海中安全游弋。他在反右派和"大跃进"中都曾出过风头，在"文化大革命"中又被结合进革委会。到了80年代改革开放，他退休纳福后却又紧紧地追上了潮流，当上了各色各样的顾问和理事，还独自创办了老年人保障协会，协会下含一个皮包性质的南山公司，他自任保障协会的会长和南山公司的董事长，也曾热闹过一阵子，也曾经赚过几十万块钱。不过，这钱都赚到别人的口袋里去了，他只是用公费装了一部电话机。

南山公司没有等到治理整顿便自行倒闭了，老年人保障协会也没有能通过社团登记。刘一川有点儿寂寞了，只能在楼上的书房里练练毛笔字。

这一天，刘一川正好也站在小楼上，倚窗望斜阳，心里有点儿悲怆。太阳忙碌着从东到西，四时行焉，万物生焉，他刘一川也忙碌着将近一生，到底干了些什么呢？反右派，炼钢铁，乌烟瘴气的革委会……

唔！楼下出了什么事情？一群外国人围着拉煤球的老太拍照片。这情景刘一川以前见过多次，从不介意，今天却突然感到辛酸，此种不人道的现象竟然至今尚未消灭，工作过多年的人应该问心有愧。孟老夫子早就提倡过七十者不负于道路，哪能让七十多岁的老太太去送煤球呢。她如果是孤寡老人，民政部门为什么不管？如果有儿有女的话，怎么会没人担负她的生活费？刘一川顿时感到自己的责任了，觉得为人一世也应当做一些好事情，他先前创办老年人保障协会还是对的，错是错在用人不当，吃了大亏。

刘一川不能沉默了，拿着他的名片去找有关单位。那名片还是老的，印着老年人保障协会会长和南山公司董事长的衔头。他倒也不想蒙混，递出名片时总要声明："这是张老名片，不过，家庭住址和电话号码都没有变，请多多指教。"

刘一川到过区政府、街道办事处、居民委员会，对马老太还在拉煤球的事提出意见。各部门的负责人对他都很客气，没有一个人认为他是多管闲事，也没有一个人追问他那个老年人保障协会有没有登过记，都认为他是在保障老年人的利益，各级组织都有责任尽快地为马老太解决问题。照理说，刘一川应该依靠组织，把这件事交给街道办事处或居民委员会去处理，如果对他们的工作不放心的话，过些时可以再去问问，催催。不，刘一川觉得这件事再也不能交给别人了，以前把实事交给别人，自己担个名义，结果是只留下了一部电话机。这一次要亲自调查，亲自处理，一抓到底。

刘一川开始调查了。其实，要了解马老太的身世也十分容易，她在东林寺一带拉板车、送煤球已经半个世纪，街头巷尾的老头老太都知道她的底细。她在苏州有一个儿子叫马太伯，书读得很多，钱拿得很少，每天还要喝两杯茶，抽一包烟。但你也不能说他穷，他的妻子褚桂芳，号称女强人，在一家合资饭店里当副经理，不仅是工资高，那穿着打扮、待人接物都颇有点现代气息。马太伯有点冬烘，褚桂芳有点洋味，家庭的态势是阴盛阳衰，女外男内。马太伯包揽了那些在传统习惯上来说是女人做的事体。他家里有一台褚桂芳买的、进口的松下爱妻号洗衣机，被他的一位同事贴上了一方纸头，把爱妻号改成了爱夫号。马太伯见了一笑了之，不以为然。这倒不是甘心屈居于老婆之下，而是有极其深刻的政治经济学的原理。马太伯的工资不高，可是事情也不多，或者说是可多可少。他的老婆工资加奖金颇为可观，可是工作起来却是日日夜夜，马不停蹄。工资的内涵是广义的，分配不公可以通过家庭的内部来加以调节，社会劳动和家务劳动是随着工资的多寡而转移的。他近十年很想写一部大部头的经济学著作，从社会经济、政治文化、名誉地位、权力结构等方面来阐述社会分配的广义性和有形工资与无形工资的相互转移。此种经济学从来不曾有人写过，有很高的学术价值和实用价值。同时，他已经为这本学术著作题了一个很好的书名，叫《社会分配的大串联》，有了这样一个通俗易懂而又吸引人的名字，书可以多销几本，也许可以用不着自己去报销或贴钱。马太伯想得十分美妙，却也不急于去动手，他觉得写这样的书工作量太大，太累，而且要彻底破坏他那遵循多年的"三一律"，即得闲之后便是一本书、一杯茶、一支烟。孔老夫子是述而不作，他比孔老夫子还多一点，连述也不大愿意，天下的文章看看而已。

刘一川弄清楚马太伯的情况之后，颇为得意，觉得这马太伯是很容易对付的，书生百无一用，因而也不会胡搅蛮缠，何况他知书达理，应该知道七十者不负于道路，哪能让一个七十三岁的老母去拉煤球呢！

那个媳妇倒可能有点儿不好对付，儿子不肯赡养老母，多半的原因是在于媳妇，媳妇掌握了经济大权，婆媳之间又有不和，这就是事情的根由。那个褚桂芳号称女强人……没有关系，女强人必有大弱点，她们是死要面子活受罪，要靠一种社会的声誉来维持她那很不牢固的社会地位。如果把她虐待婆婆的劣迹张扬出去，她的外国老板首先要大大地摇头，你没有看过那美国电视剧《大饭店》吗？高级的饭店简直就是个慈善机构，怎么容得了一个副经理虐待老人？女强人的饭碗砸了也就完了，赚不到钱的女人是弱者，强不起来。

刘一川还调查了马太伯夫妇的经济状况，没有问题，负担一个老人的生活费是绰绰有余的。这一点也很重要，如今是要理可以找来两箩筐，要钱和要命是一样的，如果马太伯夫妻两个都穷得叮当响，那马老太也就只能把那煤球拉到底。

既然一切都很有利，刘一川觉得应该做进一步的考虑，要以此作为警钟，让那些不肖子孙以马太伯为戒，回到中华民族固有的道德基础上来。他要到法院去控告马太伯夫妇虐待老人，公开审判，组织旁听，请新闻记者到场，请电视台摄像，晚间新闻一播，消息传遍全城……

三

马老太送完了最后一车煤球，把小板车还给了煤球店。这小板车是向煤球店租用的，每天的租金是八角钱。

今天的生意平平，除掉八角钱租车费之外，只赚了十九块零两毛。她数了数那些沾着煤屑的人民币，放进贴身的口袋里。奇怪，钱一进了口袋，马老太的心头就滋润起来，好像干渴的土地突然漫上了水，什么筋骨疼痛，小腿肚发抖，搬着沉重的煤球框上楼梯等等，都已经变得十分遥远，也好像没有发生过似的。

晚来天阴风急，好像要下雪。马路上的自行车流像被西北风推动的潮水，哗哗地向前，人们都那么紧张，都想赶在风雪之前回到那人生避风的港口。马老太也赶得很匆忙，她不是忙着回家，而是要赶到东林寺巷口的小桥头，看看小丹丹是不是等在那里，丹丹想奶奶的时候都是在这个时候站在桥头的。

马老太有三天没有见到小孙子了，又是被那个女强盗管住了的！马老太称她的媳妇为女强盗，是从女强人演绎过来的。她真的觉得媳妇像强盗，抢走了儿子，现在又不让孙子和奶奶亲热，说什么不能麻烦奶奶，不能吃奶奶的东西，奶奶赚钱不容易。放屁，奶奶赚钱比你容易，用不着装笑脸，用不着靠打扮，用不着拍马屁，全凭力气！小桥头没有小丹丹，也好，这么大的风站在桥头会着凉的，"会着凉的……"马老太喃喃自语，身上也跟着有了点凉意。是的，她也应该回家去。

马老太的家在一条夏天会长青草的弄堂里，弄堂口歪歪斜斜地写着"此弄不通"。她在不通之处停下来，打开那两扇木门上的老铜锁。其实，这门锁与不锁都没有什么区别，用力一蹬，两扇门便会怦然倒地。

这门是个大院子的后门，这房子本是大户人家堆柴草的。抗日战争之前，苏州人举炊大都是烧木柴或者稻草，马老太和她的丈夫替大户人家运柴草，出柴灰，便借柴房作为安身之地。抗战胜利之后大户人家衰落了，苏州人烧木柴和烧稻草的习俗也逐步被烧煤所代替，三间柴房也就成了马老太生儿育女的营地。她在这里养育了四个儿女，两个已远走高飞，一个已先她而去，只有小儿子马太伯还在苏州，但也有十多年不住在一起。老伴儿去

享福

147

世了，营地空虚了，再也没有人等她买米回来了，再也没有孩子站在门口，哭着或是笑着奔到她的身边……现在的这个家对马老太来说只是个吃饭睡觉的场地，睡觉可以在祠堂里，可以在破庙里，吃饭也可以在廊檐下面，一切都无关紧要，最要紧的是多拉煤，多赚钱。钱有用呀，那个不会赚钱的儿子要她照顾，小丹丹，那个心肝宝贝……心肝宝贝要长大，要小轮盘自行车，将来还要结婚生孩子，要有一座好房子。

马老太最最伟大的计划是为小丹丹营造一座体面的房子。儿子已经不要她的房子了，随他去，她也不愿意和那个女强盗住在一起。她要把全部的精力都用在小丹丹的房子上，在那里寄托她的光荣与梦想。与她同时代的乡下的老姐妹，哪一个不为儿孙把楼房造得好好的。别瞧不起马老太，她还瞧不起城里的那些公寓楼，上不见天，下不接地，有时停电，有时停水。她的三间破柴房不值钱，可这地皮却是风水宝地，独门独户市中心，连一条弄堂都是独用的。这里可以翻造三楼三底，翻造好以后还有一小块空地，十五年前种的一棵枇杷树，如今正在旺果期，那白沙枇杷真甜呀，孙子、重孙吃到枇杷时就会想起奶奶的。

马老太活过了六十岁之后，就不感到自己的存在了，糖吃在她的嘴里她不觉得甜，或者说是甜得也没有什么意味。只有看着小丹丹吃巧克力，她才从心里甜到嘴里。小丹丹穿一件新棉衣时她自己觉得暖和，她自己穿一件新棉袄就觉得焐燥，觉得别扭。除掉维持生活的必需之外，马老太自己不想拥有更多的东西，好多东西对她来说都是用不着也是用不长的。她的家里好像是个废品仓库，谈不上什么电视机和收录机，除掉一盏十五支光的电灯之外，没有任何家用电器，破旧的家具又缺少文物的意义。

马老太推门进去，拉开煤炉，用炉上热水洗洗脸，洗完脸以后就准备吃泡饭，吃完泡饭就上床睡。她没有一点空闲的时间，她把每一点时间都用来拉煤球和恢复体力；她也没有时间想心思，空想有啥用呢，她拖儿带女，养家活口都是靠做出来的，不是靠想出来的。

正当马老太端起泡饭碗的时候，门上有人笃笃地敲了两记。这是常有的事，是有人喊她明天送煤球。

马老太急忙放下饭碗去开门，因为那门经不起敲，敲重了会倒的。

"请问，这里是马玉英的家吗？"

"正是。你要多少，送到几号？"

"我叫刘一川。"刘一川说着便递上一张名片。

马老太把名片收下了，不新鲜，近来常有人拿着名片来叫煤球，按名片上的地址去送，不会有错，这名片是个好东西。

"咦……你不是东林寺巷口的刘先生吗，弄错啦，你家烧的是液化气，不是烧煤球。"马老太认识刘一川，五年前曾经替他家送过煤球，现在他家有了液化气，和煤球已经断绝了关系。

刘一川连忙说："不不，我不是来叫你送煤球的，我怎么能叫你送煤球呢，这是不人道的，我……我能进来坐一会儿吗？老太太。"

"只能坐一会儿，我吃完了饭就要睡，明天还要送煤球哪。"马老太不大客气，她以为这老头是来看她的房子的，前些时就有人来看过房子，肯出八万块钱，他们不是要买房子，而是看中她的这块地皮。滚得远点，八十万也不卖，这是留给小丹丹的！

刘一川倒也不在乎马老太的态度，硬着头皮进门，屋里的情景使他十分吃惊，这老妇人晚景凄凉，像一个乞丐，像一个寡妇，像个拾荒的人：

"老太太，你……你就住在这么个破破烂烂的地方？"刘一川的恻隐之心油然而生，觉得这种地方是不适于人类住居的。

马老太心里暗笑，你别跟我来这一套，破烂不破烂反正不会卖给你："哼，你别看不起它，上次有人出了八万，我连眼睛都没有眨。"

"老太，你别误会，我不是来看房子的，我是代表……代表东林寺巷的邻居们来看看你。首先我们要检讨，我们大家平时对你关心得很不够，看着你这么个白发苍苍、瘦骨嶙峋的老人还去拉煤球，当苦力。现在已经不是解放前了，现在是新社会，现在连小青年都不肯拉车子了，何况你已经七十三岁。你活得很艰难，吃得很简单，住在这种四面透风的房子里。不错，你的这块房基很值钱，可你却像个讨饭的花子住在破庙里。你不是孤寡老人，你有儿孙，有儿媳，他们都有钱有地位，不在乎你吃这么一点，穿这么一点。说老实话，像你这么大的年纪，有你这么好的条件，你应该是坐着享福的。这种天气你的身边要有电暖气，面前要有电视机，手里端一杯热咖啡……"刘一川说得头头是道，有条有理，而且是很有感情的。

马老太被刘一川说得发了愣，她从来没有听过这样的话，只听过老姐妹们当面嘲笑她："老不死的，你想赚钱带进棺材里？现在没有棺材啦，都是烧掉的！"是的，老不死的没有错，都是那个女强盗不是个东西。马老太的怨气、怒气都被刘一川吊上来了，她倒不是想喝热咖啡，那玩意儿她喝不来，拉一百斤煤球也不够买一杯："刘先生，我和你不能比，你生下来就是个有福的人，我生下来就是个劳碌命。我不是要享福，我是要他们把我当个人，不要把我当成叫花子，不让小孙子靠近我，好像我有什么传染病。你不知道啊，刘先生，她是故意让我受苦受气，让我早点死，免得掉了她的身份，丢了她的脸。"

"岂有此理，我们到法院里去告他们，告你儿子的忤逆，不孝顺。"刘一川步入正题了，他说了半天就是为这句话垫底的。

"不不，这和儿子没有关系，他太老实，又赚不了几个钱，他被那个女强盗抓在手里。"

"女强盗？！"

"就是那个褚桂芳呗，我的媳妇，女强人！"

"那就告她，告那个女强人！"

"能告吗，听说她是个里通外国的经理，在苏州很有点世面。"

"别怕，有我们老年人保障协会撑腰，有那么多的老邻居帮助你，你一定能胜利！"

"真的？"

"不假。"

"好，那就告她一记！"

四

马老太糊里糊涂地要告媳妇，不知道怎么个告法，也不知道法院的门朝东还是朝西，法院里是从来不喊她送煤球的，这些事情她都不管，都由刘一川全权代理。她也没有把事情看得那么严重，像是婆媳吵嘴，借个机会煞煞褚桂芳的威风，让她知道拉煤球的人也不是好欺的，世界上到处都有替天行道的人，爱打抱不平。马老太想通过告状整整褚桂芳，不许她管住小丹丹，只要小丹丹愿意，他可以住在奶奶的家里，早晨先送他到学校，然后再去送煤球，中午她可以把饭菜送到学校里，傍晚，小丹丹站在巷子口，看见奶奶就扑过来："奶奶，巧克力……"这就是她的美梦，这就是她生活的动力，她一生都沉浸在这种美梦中，看着儿子、女儿、孙子，一只只小鸟都从她温暖的怀抱中飞出去，飞出去翱翔，飞回来栖歇，爱心得到了抚慰，痛苦和劳累都是不存在的。

马老太这天夜里睡不着，这是十分少有的，她真的觉得这房子有点四面透风，小丹丹骨头嫩，是架不住冻的。如果官司打赢了，她就得翻造房子，钱不够分两步走，像农民造房子一样，两层楼房造三年，先造底，后造楼，请谁来造呢……

刘一川也睡得很晚，他睡得晚倒是常事，因为他每天晚上都要看电视看到"再见"，这个频道再见了，还要到其他的频道去碰碰运气。不过，这一天晚上他破天荒地没有看电视，而是坐在书房里写状子，这份状子他要亲自写，而且是用宣纸，用毛笔，使得法官看到状子之后便产生好感，而且知道原告的代理人不是一般的。

刘一川写状子用的是文学手法，他认为要想感动人最好是用文艺，要想打倒人只有用大字报的语言。法律语言他没有学过，因为在他工作的时候没有法律。为马老太争取一个幸福的晚年是人道主义，是要感动人的。他用小楷狼毫，蘸墨写道：

"……你们都曾在大街小巷里见到过一个人，一个白发苍苍、瘦骨嶙峋的七十三岁的老妇人。这位老妇人被她的儿子媳妇遗弃，为生活所迫只能以老弱之躯荷千斤之负，去拉板车，送煤球。每一个有良心的人看到那老妇人在死亡线上挣扎的情景时，都忍不住要掉下眼泪。可是她的儿子和媳妇却是养尊处优，过着十分现代化的生活，不肯分一点余钱来赡养老母，这是一种残酷的、不人道的、不折不扣的虐待老人的行为。如果社会和法律不来主持公道，总有一天，这位名叫马玉英的老妇人会摔死在楼梯旁，轧死在车轮下面……"刘一川写得洋洋洒洒，扬扬得意，当然，写得也不太长，不像写小说那样拖拖沓沓的。

刘一川睡得很晚，还吃了两颗安眠药片，第二天却一个老早醒来，人来了劲道连安眠药都会失效。他有很多事情要做，要去找律师，找朋友，找朋友的儿子和儿子的朋友，打官司虽然是个硬碰硬的法律问题，可是任何法律都有人情关系，要不然的话用电子计算机打官司好了，一分钟解决问题，何必那么辩来辩去呢。

刘一川戴上他的法兰西小帽，穿上他的法兰绒大衣，口袋里装着他的名片，到东到西，忙得神抖抖的。所以精神抖擞，主要是因为事情办得十分顺利，区民庭马上接受了这个案件，这倒不是因为刘一川有什么魔力，实在是因为马老太在这一带很有名气，她的名气不是靠名片，是靠她几十年送煤球的经历，从法院院长到审判员，都见过这位白发苍苍的老太拉煤球，那院长小时候学雷锋，就帮助她推车过桥的。这老太太至今还在拉车，太不像话，要把她的不肖之子依法整治一下！

很快，法院的通知就送到了马太伯的单位。

马太伯接到通知后，吓得昏昏的。中国人如果发生了什么事，习惯于领导谈话，单位解决。一进法院事情就变大了，即使没有什么问题，也难改变概念，说起来马太伯每天两杯茶、一包烟，却不管老母死活，是个什么东西！领导对他要有看法，同事要对他嗤之以鼻，他的"三一律"恐怕要与他告别。

马太伯把法院的通知拿给褚桂芳看的时候，手都发抖："你看，你看看，这不是没有事体找出来的事体，老母亲到法院去告我们虐待、遗弃、不给生活费。什么费不费呀，事情都是你弄出来的，你不让小丹丹去看她，不许小丹丹吃她的东西，老太太伤心了，到法院去告你，叫你吃不了兜着走，说也说不清楚。"

褚桂芳到底是女强人，遇事不惊。不吭声，动脑筋，想不出主意之前先骂男人：

"你抖个啥呀，杀得来啦？笑话，我们虐待她，是她自己作死，还是我们虐待呀？有理可说嘛。"

"我也知道有理可说，问题是这种事情说不清楚，七十三岁的老太还送煤球，谁相信她是自愿的？即使是自愿的，你们做小

辈的人怎么能让她冒险呢？万事和为贵，我看还是我们去赔个不

是，让小丹丹去亲亲她，叫她撤诉了算啦……"

"不行！"褚桂芳眼睛一转，来了主意，"这事情是不能私

了的，老太太即使对我有意见，也不会想到要到法院去告我们，

她的背后一定有人，这人不知道是什么目的，想要使我们声名狼

藉，即使私了掉，他也要造舆论，叫你跳进黄河也洗不清……"

"那怎么办呢？"

"接受挑战，和那个心怀叵测的人拼到底！"

"那……那要上法庭，多丢人！"

"怕啥，到时候我坐被告席，你坐旁听席，把你的领导和同

事都请到，看我的！……"

享

福

五

　　马老太怎么也没有想到，打官司和婆媳之间吵相骂是大不相同的。首先，这架势就不同。

　　法庭里坐满了人，后四排都是些老头老太、家庭妇女，还有帮工的阿姨。这些人都是被刘一川通过居委会动员出来的，要他们来接受教育，伸张正义。这些人马老太差不多都认识，都是她的老主顾，月月喊她送煤球的。认识她的人都对她看看，点点头，表示同情，为她助威。这使得马老太很不自在，比外国人替她拍照片还要难受，像是一大群人在看她这只老猢狲出把戏。

　　前四排的人都是来自马太伯和褚桂芳的单位的，褚桂芳带来的都是些在饭店里工作的小青年，男的都是黑西装、红领带，女的是一色的天蓝色的呢大衣，嘴唇涂得鲜红的。他们整齐划一，占据了最前面的两排长椅。

最使马老太惴惴不安的是那几个坐在高处，面孔铁板，戴着大盖帽的人。她总觉得他们会大吼一声："大刑侍候！"她当然知道现在打官司不会打屁股，却害怕这些铁面无私的人会重判他的儿子，那个没用的东西是无罪的。她瑟瑟缩缩地问刘一川："刘先生，我儿子阿会出啥事体？"

刘一川扶着马老太走向原告席："别害怕，没问题，一切都有我呢。"

刘一川今天特别神气，戴着法兰西小帽，穿着粗毛呢的上衣，一条领带特别鲜艳。他是原告的代理人、辩护人，还要用老年人保障协会的名义在法庭上发言，扩大影响，伸张正义！可惜的是报社和电视台都没有来人，他们认为这是一般的民事诉讼，常见。

宣布开庭之后，审判员向下面看了一眼，高声喊道："请被告马太伯坐到前面来。"

"报告！"褚桂芳嗍的一下，从姑娘们那个蓝色的波浪里跳出来了，她穿着一件紫红色的呢大衣，在一片蓝色和黑色之中显得更加夺目鲜艳。她的头上斜压着一顶淡黄色的小帽，这小帽名叫磕半球，和刘一川头上的法兰西是差不多的。她昂首挺胸，大步走向

享
福

159

被告席，好像是慷慨就义："报告审判员同志，我们家里的一切大事都是我经管的，经济大权也是掌握在我手里，赡养老人的问题是个经济问题，应该由我负责。同时，婆婆和儿媳发生了争执，其责任大都在媳妇，与儿子无涉。"法庭里发出了嗡嗡的声音，人们小声议论："这女人不简单嘛，直来直去，敢作敢为。"

"女强人嘛，有名气的。"

审判员高声叫喊："大家静一静，询问被告，你有没有律师或者是辩护人？"

"没有，我做事光明磊落，公开坦诚，用不着诡辩，也不会站在别人的背后用暗箭伤人！"褚桂芳的眼光像一道闪电似的射向刘一川，使得刘一川开始就有点心惊。他下意识地从马老太的背后移开一点，免得人家以为他是站在别人背后用暗箭伤人。刘一川的这一移，反而引起了人们的注意，使人觉得今天打官司的是两个戴着小帽的人，是磕半球反击法兰西。

刘一川到底是个舞文弄墨的人，只能打打笔墨官司，真的打官司却不行。打官司不是写文章，不是用文学的手段去感动人，而是用无可辩驳的事实、斩钉截铁的语言去征服人。他搭错了神经，还是去读他那份自鸣得意的状子："……你们都曾经在大街小巷里见到过一个人，一个白发苍苍、瘦骨嶙峋的七十三岁的老妇人……"我的天呀，这种文章是只能在纸上看，看起来还能打动人，读起来就软绵绵的。何况那老太已经坐在法庭上，不是在那遥远的小巷里拉板车，也没有搬着煤球上楼梯，她为了上法庭还特地换了一身新衣，梳洗了头发，看起来蛮精神的，并不那么太可怜。连刘一川自己也感到，这篇文章的效果是很不理想的。

褚桂芳听完了只是淡淡地一笑，马上举手要求发言，她没有文稿，不拖泥带水，好像是在饭店里开什么招待会：

"诸位来宾，法官先生，原告所提出来的问题都是存在的，都是正确的。我作为马玉英的媳妇是有责任的，我没有能尽到我的最大努力，眼看着我的婆母至今还替人家送煤球，还住在那个四面透风的破房子里，还穿那种破衣裳，还吃那种冷泡饭，说句不好听的话，那种日子还不如现在的讨饭花子。讨饭的人不劳动，每天能进几十块，每顿都吃肉丝面……"

"那你为什么不赡养你的婆婆呢？"刘一川赶紧提出问题，他觉得这个女人不简单，她绝不是到法庭上来承认错误的，这是一种欲扬先抑。

"噢，这位戴小帽子的先生，我看你的年纪也不小了，我不

享

福

161

知道你是和我过不去呢还是另有什么目的……"

"目的只有一个，不许虐待老人，我代表老年人保障协会，保障老年人的利益。"

"我赞成保护老年人利益，你们的协会如果需要赞助的话，我还可以出点儿力；我反对任何人虐待老人，也反对任何老人来虐待别人，更反对任何人帮助虐待别人的老人来虐待人……"

"被告，请你把意思说得明确点。"审判员讲话了，觉得这个夸夸其谈的女人有点儿离题。

"很明确，你们告我这个媳妇虐待婆婆，却不知道这个婆婆是怎样虐待我的！"

法庭里轰动起来了："啊！还有谁敢虐待她？"

"这女人在倒打一耙。"

审判员有点发愣，看样子这女人还要告她的婆婆哩："大家静一静，原……被告可以申述理由。"

"真是笑话，说我虐待婆婆，有什么证据，我是打过她还是骂过她？……都没有，唯一的理由就是我们不赡养她。"褚桂芳的眼睛向刘一川这么一抬，很轻蔑地问道，"是吗？"

"是的，就此一条你便有罪，经济问题是一切问题的中心，你不给老人生活费，你就犯了虐待罪！"刘一川的这句话说得铿锵有力，自以为是一针见血的。

褚桂芳却把鼻子这么一缩："你这位先生大概是在经济问题上摔过跟头吧，怎么会把一个小钱看得比磨盘大。我的婆婆一个月能用几个钱？六十，八十，一百够了吧？一百块钱有什么了不起，还不够我买一条香烟送人哪。我早在三年前就求过我的婆婆，她要吃啥我给啥，她要穿啥我买啥，只是求她从此别再送煤球，别在大街上拉板车，她拉板车不是送煤球，简直是叫她的儿子媳妇背黑锅，她每天都在街上贴我的大字报，控告儿媳不肯养活她。

"同志们，朋友们，我也是一个在外面走走的人，我背得起这个黑锅吗，担得起这个恶名吗？我有苦无处诉，有冤无处申，婆媳之间有矛盾，总归媳妇不是人……"褚桂芳掏出手绢来擦擦眼睛，"你们可以问我的婆婆，我说的话是假还是真？姆妈，你要说真话，你要凭良心。"

马老太忍不住要和媳妇斗嘴了："我怎么不凭良心，我不要你的钱，我有力气，我能养家活口！"

"喏喏，大家都听见了吧，到底是她虐待我还是我虐待她？"褚桂芳转过头来，"法官同志，你也听见了吧？"

审判员有点抓瞎了，这是怎么回事呀，询问原告："既然她没有虐待你，你为什么要控告她？"

刘一川慌了手脚，一时间无言以答。

马老太倒有话说，她不能再让媳妇爬到自己的头上去："是她虐待我，她不让儿子抽我的香烟，不让小孙子到我的身边去，不让他吃我的巧克力……"马老太还没有说完，法庭里就开了锅：

"啥，她说的啥？"

"不肯花她的钱就算是虐待，还没有听说过哩。"

"静一静，静一静。"

褚桂芳也不罢休："同志们都听见了吧，她在那里拉车赚几个血汗钱，如果我再让男人抽她的烟，再让孩子吃她的巧克力，那我还是不是人呢？"

"对，她是对的。"

"到底是个经理，有见地。"

刘一川一言不发了，弄不好他自己倒要成为被告。

审判员和陪审员在台上交换意见，觉得这件案子可以到此为止，双方调解协商，矛盾是可以解决的。

刘一川提出意见，认为还是要做一个判决比较适宜，不做明确的判决，马老太权益没有保障。同时，刘一川的心里还有鬼，认为官司不判就说明原告的理由不能成立，自己好心好意倒要担个诬告的名义！

褚桂芳的要求更是强烈："一定要判，不能和稀泥、你们不判，我们怎么做人呢？万一老太累死在马路上，昏倒在楼梯口，那些不明真相和别有用心的人就要把罪名加到我们的头上，说是我们虐待，不给生活费。请法院明确判决，规定我们每月给多少生活费。可以多给点，还可以按物价上涨的幅度再加钱……"

马老太听了把头一抬："啥人要你的钱！"

"要不要随你，你不要我们照给，可以存在单位里，作为一种凭证，将来也可以作为丧葬费。"

"我还没有死哪！"

"我不是说将来嘛，将来谁都会有这一天。"

审判员说："别吵嘴了，既然双方都要求判决，法庭可以考虑判给马玉英生活费。"

"哎呀，别忙。"褚桂芳又举手发言，"判决应该是双向

享
福

的，判我给她生活费，就应该判她不能送煤球，拉板车。要不然的话，她在客观上还是到处做宣传，说我是虐待她的。"褚桂芳向刘一川乜了一下："连你也没有达到目的。"

刘一川也忍不住点点头："对。"

马老太叫起来了："我不要她的钱，我要她让小孙子天天到我那里去！"

"你不要我的钱，你还要天天拉板车，我就决不让小丹丹到你那里去，那不又是'儿子不养爷，孙子吃阿爹'，还想给我再加一条罪名啊！"

审判员说："法庭可以使赡养费的问题产生法律效力，至于马玉英能不能拉板车，送煤球，那是个社会道德问题，是全社会爱护老人的美德，不属于法律的范围。各居民委员、各群众团体可以劝说居民，不要再叫七十三岁的人送煤球，以免发生危险……"

一场官司就这样结束了，好像是谁也没有失败，谁也没有胜利。

刘一川不承认失败，他总算为马老太争取到了生活费。

褚桂芳更是扬扬得意，今天她扯足了顺风旗，法庭里全是她的市面。她到旁听席的角落里把自己的丈夫拎起来："怎么样呀，胆小鬼，他们全得听我指挥！"

"唔，唔唔……"提心吊胆的马太伯点起了第五支烟。

参加旁听的人一面朝外走，一面发议论：

"刘一川也是瞎起劲，事情不弄清楚就告状，被那女人打得落花流水。"

"那女人真了不起，上法庭好像做报告似的，全是她的理。"

"是有名的女强人嘛，大饭店的副经理，什么世面都见过的。"

"真可怕，谁讨她做老婆谁倒霉……"说话的人没有注意，不防那褚桂芳就在他的身后。

褚桂芳听见了却抢上两步，拍拍那人的肩膀："嗨，你想倒霉还倒不着哪！"把那人闹了个大红脸。

穿天蓝色大衣的姑娘们哈哈大笑，簇拥着褚桂芳向外跑，对她佩服得五体投地，就差没有喊万岁。

六

马老太打完了官司照样送煤球，只是那生意却大大不如从前。过了几天还在小桥头见到了小丹丹。她把孙子紧搂在怀里："好乖乖，你妈怎么会让你来的？"

"我妈说了，以后我可以来，也可以吃你的东西。"

"真的！"马老太高兴了，这场官司还是有用的，"好乖乖，你坐在车杠上，奶奶去买巧克力，买大的！"她又走向那片个体户开的小店。

那个退休的女工笑嘻嘻的："两包巧克力，两包云烟？"

"不，云烟不买了，今天没有做成几笔生意，总共才赚了五块钱。"

"也好嘛，少做做多做做，多做做少做做。"

"什么嘟嘟嘟，嘟嘟嘟？"

"你不懂吗，这就是少做会活得长点，多做就死得快点。"

"啊……"马老太不置可否,拿着巧克力去坐在车杠上,看着孙子吃,心里甜滋滋的。

小丹丹说:"奶奶真聪明,知道爸爸戒烟了就不买烟。"

"什么,你爸戒烟啦?"

"是妈叫他戒的,说他的香烟钱,正好是奶奶的生活费。"

"啊!"马老太大为惊异,"奶奶不要你们的生活费,叫你爸抽烟,抽好烟,奶奶明天买两包给你带回去。"

明天,明天马老太只赚了三块钱。没有人叫她送煤球了,她租着板车在煤球店的门口等,那些买煤球的人见了她就避得远远的。

马老太无可奈何,只好主动上去拉生意:"张先生,我替你送回去吧。"

"呀……不用,我自己会,会的……"张先生搭讪着转过身去,对着一个年轻的人叫喊,"阿戆,替我把煤球送到民乐巷三十三号去。"

马老太只好上门服务了,她熟悉那些老主顾,她知道谁家的煤球快要烧完,便一家一家敲门去:"王师母,你家的煤球快用完了吧,要不要我去替你拉,快给我煤球卡,这几天的煤球可好啦，杨泉煤多，见烧。"

"不用啦，谢谢。"门砰的一声关上，没有多话。

有的可就话多了："老太啊，你也这么大的年纪了，真的要把钱带到棺材里去呀，儿子媳妇又不是不养你，何必有福不享哪？再说，法院已经判过了，不能再要你送煤球，谁要你送煤球就是犯法，谁敢哪！"

没过几天便釜底抽薪了，煤球店的门口贴了一张布告："顷接上级通知（根本就没有通知），凡租用板车经营煤球业务者，必须在六十岁以下。六十岁以上或不足六十岁而已经退休者，不得租用板车，不得经营送煤球的业务，以体现对老年人的关怀与照顾。"

马老太不认识字，清晨"上班"时见几个同业的人站在煤球店的门口看布告。马老太凑上去问道："什么事呀？"

"什么事呀，说你哪！"

"说我个啥？"

"六十岁以上的人不许送煤球了，也不许租板车。老太太，你也早该享福了，何必跟我们争这口饭呀，把你的老主顾介绍给我们吧。"

马老太不相信，以为这些家伙又是和她开玩笑的。煤球店的门口贴布告，一定是煤球一时供应不上，或者是煤球票要过期作废。她照样去交钱租车准备接生意。

营业员看见马老太，笑嘻嘻的："老太呀，恭喜你啰，你光荣退休啦！"

"什么？"

"从今天开始，我们不能为你开票，也不能租给你小板车，你退休啦。"

"我是个体，不退休的。"马老太也有理。

"不管你是什么体，过了六十岁就不得送煤球，保护老年人的身体。"

"我的身体结实哪。"

"结实也没有用，结实的人多着呢，一到六十也都下。老太，回家换换衣裳，洗洗被子，准备安度晚年吧。我还真眼热你呢，天天上班多累呀。"营业员伸了个懒腰，打了个哈欠，"再见啦老太，你不来还真想你呢，几十年啦，开门不见你老太，好像这门还没有开。有空来白相，啊……"

马老太只好离开煤球店了，离开的时候忍不住掉下了眼泪。

她走走又回头，再看看那黑咕隆咚的煤球店，好像这里就是她的家。多少年啦……很久了吧，这么多的年月足够一个落地的娃娃长到能拉板车。她在这里淋过雨，迎过风，有一年下大雪，半个车轮都陷在雪地里。刚到这里来的时候才几岁？年轻得还可以重新嫁人呢，那个小光棍还曾经送过她一条绒布围巾，也曾经眉来眼去，她没有答应，她拖儿带女，她要养家活口，她不想拖累别人，也不想让自己的孩子成为别人的累赘，她相信自己，相信风霜雨雪饥饿贫寒都是难不倒她的。

马老太踏着回忆往回走，越走越觉得往事遥远，道路漫长，疲惫、劳累。那无穷的精力哪里去了，怎么连移动脚步也感到吃力？她好不容易走到自家的巷子口的时候，却又对自己的行为产生了怀疑："走错路了吧，现在正是送煤球的时候，怎么能走回来呢？"当她开门进去的时候，枇杷树上的小鸟也吓得乱飞，它们也感到惊异，它们在这种时候是从来不受惊扰的。

马老太回家以后，习惯性地拉开煤炉烧开水。现在烧开水有什么用呢，又不是烧泡饭的时候。她在屋里转来转去，觉得身躯没有摆处，最后拖了一张破藤椅坐在煤炉的旁边，看着水烧开，看着水壶里冒热气。煤火，水汽，好像能使得这四面透风的屋子也变得暖和点。

天又阴下来了，好像要下雪，如果天要下雪，正是送煤球的好时机……

马老太就这样开始享福了。儿子经常来看她，月月给她生活费，她不肯收，叫儿子拿去买好烟。小丹丹天天来看她，给她带来好吃的，买一个面包要分给奶奶一半，买两个馒头有一个是奶奶的。马老太把孙子紧紧地搂在怀里，一面吃一面落泪："好乖乖，奶奶赚不到钱了，奶奶不能买东西给你，不能替你盖楼，不能替你爸买好烟……"这三个"不能"使马老太不知道是为什么活着的。

整整一个漫长的冬季，马老太都坐在那张破旧的藤椅上，坐在煤炉的旁边，看着那些她搬弄过半辈子的煤球发光发热，变成灰。她感到了温暖，感到了热度，便迷蒙着眼睛，半张着嘴。她似乎在回忆她的一生，可她只想到她的小时候，那时候的乌鸦很多，她家屋后的大树上就有三个乌鸦窝。老乌鸦最后飞不动，眼睛也看不见，要靠小乌鸦把捉来的虫子送到老乌鸦的嘴里。那时候，现今的老马太也曾经对她的妈妈说过："妈，你别急，等你做不动的时候我也把吃的东西送到你嘴里。"她那多病的妈妈流着眼泪说："小乖乖，那老乌鸦快要死了，它不肯多吃，也不肯死在窝里，它要拼命地向高处飞，飞到不能再高的时候炸得粉碎。你不能盯着它看啊，它炸成的游丝会把人的眼睛弄瞎的。"

马老太坐在藤椅上，迷蒙着眼睛，半张着嘴，也觉得自己在向高处飞，向高处飞……

到了第二年的春天，天气暖和，空气清新，马老太飞呀，飞呀，无疾而终，安详地死去。在清点她的遗物时，发现一辆小轮盘的自行车和留给小丹丹的八千五百元人民币。

有人埋怨刘一川，说他是没事找事，如果让马老太还拉煤球，是不会死得这么快的。

刘一川不以为然，他坚信自己是保障了马老太的利益，使得她在死前总算是享了几天福的。

1992年5月29日

故事法

我上了点年岁以后，自知有一点不大对头：肚皮里的故事太多。这些故事有从书上看来的，有从戏里瞧来的，有亲身经历的、道听途说的，等等不一。所谓故事也不全是有头有尾，有起有伏，惊险曲折；有的只是三言两语，一个事故，一句俗语，一句格言，以至零星小事，鸡毛蒜皮，总之都是大家十分熟悉，惯于承认的事体。故者旧也，旧者往也，凡属过去的事我把它统统称作故事，统统记在老账本儿里，有意无意地作为立身处世、判断是非的参照系。不管碰到什么新鲜的事，我便以超过电子计算机的速度去翻老账本儿，一切都有账可依，照章办理。

老邻居对我说："伙计，告诉你一件新鲜事儿，姚晓明当官了，还当得不小哪！"

"噢！那孩子也当大官儿啦，好呀……"我立即把账本翻到1950年。这一页不能算是太陈旧吧，纸张没有发黄，字迹清清楚楚，似乎还散发着油墨的香味。

姚晓明嘛，就是小明，他是巷子中间的姚德明的独养儿子。不是摆老，他的爸爸妈妈结婚还是我当的媒人。先从老的说起，姚德明这人年轻时便有点懒散随便，年龄比我大两岁，婚事却不着急。我倒替他着急了，便把一位纱厂的女工介绍给他。他也不挑选，一看就中意。他说人都有好有歹，好歹凑合着点。1950年结婚，隔年生了个儿子。姚德明懒得对儿子的名字也漫不经心，老子叫德明，儿子便叫小明。直到上中学以后才由老师把小明改成晓明，拂晓，光明，充满了生机。那时候的小学教师经常干这种事，改小名为大名，居然能把小猫改成晓矛，小狗改成晓戈，改字不改音，把可爱的动物改成锋利的武器，长大了杀它个片甲不留。

如今，那姚德明在家种花养鸟，他的夫人金惠芬……对了，金惠芬这个名字在巷子里也只有我知道，她退休以后便用不着名字了，阿婆、老嫂，间或有人喊她一声金师傅，总算还知道她是做过工的……

"伙计，你啰唆个啥呀，姚晓明当官了，你听见了没有呢？"

听见啦，这不是正在翻着老账本儿吗？老实说，我这是为了表演给人看的，若不然，我听了以后只是淡淡一笑，微微地点点头，头脑里唰唰地翻动老账本儿，嘴巴里却不吐一点声息，你根本不知道我在转些什么念头，不知道我赞成还是反对，酸的还是甜的，嘿嘿，深着呢……喏，这里，这就更近了，仿佛就是昨天。姚晓明十岁了，生得文文静静，讨人喜欢，闯皮却是一等好手。我们这条半瓣巷是条水巷，一面临河，家家的门前有块空地，有一架石码头深插到河底，姚晓明经常躲在石驳岸下的码头边，捞瓦片，摸砖头，供给那个喜欢开仗的陈小刚当武器，掷破屋面上的小瓦，打碎窗户上的玻璃。姚晓明从来不参加战斗，文明的人不打仗，武器却都是他们供应的。姚晓明供应武器十分卖力，金惠芬喊他吃饭，他听见只当没听见，反而向码头的角落里一蜷缩，像一堆没有洗完的衣服撂在那里。

金惠芬找不到孩子便拉开嗓门在巷子里喊："小明，你在哪里……"纱厂女工的嗓门是练过的，她们在车间里讲话，要和轰鸣的机器声比高低，心急火燎地唤孩子，那声音也会使人心惊肉跳的。

我坐在临巷的小楼上伏案书写，居高临下，对姚晓明的诡计了如指掌，有时候被金惠芬喊得实在坐不住了，便从小楼上跑下来，到水码头边拎起那堆"衣服"的小耳朵送到金惠芬的面前。姚晓明对我倒也佩服："怪了，你怎么知道我躲在那里？"

"伙计，你啰唆完了吧？"

等等，你别性急，我也着急哩，这老账本上有关姚晓明的记载怎么成了糊涂一片，好像浸过水的。对了，他下乡插队去了，一去就是十多年，这十年的一本烂毛账要翻三天三夜哩！算啦，翻了你也不想看，看了你也不喜欢，酷爱清洁的人都不愿意看到腐烂的东西。一笔勾销吧，下转第三千六百五十页：

姚晓明回来了，考上大学了，考分是第一。巷子里的人引以为荣，纷纷到姚德明家去贺喜，害得姚德明散掉两条香烟，泡掉半斤茶叶。事隔不久却又听见议论纷纷，说姚晓明不是个东西，进了大学就忘本，抛弃了乡下的未婚妻，成了现代的陈世美。糟了，陈世美不认前妻是个古老而又家喻户晓的故事，是一部不成文的道德法典，谁犯了它谁倒霉，要想摘帽平反呀，可不那么容易！

朋友，你领教了吧，姚晓明当官儿了，我这老账本里的故事便跳了出来，别嫌啰唆，说时迟那时快，只是脑子里打了个忽闪。

这些故事算个什么东西，有的老掉牙，有的鸡毛蒜皮，鸡零狗碎，放到书报摊上去卖不值一文钱，作为一个人的简历可以只字不提。可你千万别小看了这些东西，别以为老账本是我个人独有的。

"嘿嘿，我算定姚晓明会当官，他从小就是拣了砖头给人掷，自己装出一副老实的样子讨人欢喜。现在的领导都喜欢老实听话的人，太老实听话的人却又办不成事体，最好是表面老实，骨子里却有一肚子的鬼！"

听见啦，姚晓明倒霉了，一根鸡毛就给脸上抹出了一个白鼻头。你道什么叫白鼻头吗？在京戏的脸谱中，奸臣的鼻子都是白的，小丑的鼻梁也是白的，白鼻头非奸即滑，奸猾兼备。

"这家伙肯定会一阔脸就变。他进了大学就当陈世美，当了大官还瞧得起你，眼睛会长到额骨头上去的！"陈世美的故事又扩大了应用范围。

"罢啦，官儿总是要有人当的。姚晓明当得越大越好，邻里乡党都可以沾沾光。那朱元璋当了皇帝，明朝的沛县（又说凤阳）人就不交赋税；吴王阖闾如果不葬在虎丘山，谁还愿意爬到那个土墩墩上去？你看那虎丘山下，如今设了多少摊，开了多少店，多少人靠它发财，多少人是靠它养活的！"

"对了，伙计们，我们去向姚晓明建议，请他想想办法，把我们这条巷里的路铺平，把石驳岸和水码头修理修理，哪个当大官的人不为家乡做点好事体。"

"喂，陈大奎，这下子该你走运了，姚晓明小时候差不多是养在你家的，如今他当大官了，哪能忘记你，快去找他买几条好香烟，我们也好分一点。"

陈大奎摸摸他那光秃的脑门："是呀，那时候他妈逢到做夜班，便把他寄在我家里，和我家小刚一起吃，一起睡，我那去世的老伴把他当作亲生的儿子似的，我也天天抱他，三分钱一根的棒棒糖给他吃掉一箩呢！"

"快去找呀！"

"做啥，买香烟？大人不办小事，我要请他帮我家小刚解决房子哩！俗话说有恩不报非君子，有仇不报枉为人，这就要看他当了官以后还像不像个人啰……"

你看，各人都把老账本翻出来了，杂七杂八的故事都起作用了。这些故事先把姚晓明损那么一气，然后就看你姚晓明还像不像个人，是否把这些故事放在眼里。

姚晓明根本就没有意识到这些问题，没有想到他当官和巷子里的熟人有什么关系，他记不清小时候曾经到河浜里摸过砖头，还吃掉陈大奎一箩棒棒糖什么的。年轻人欢喜朝前看，只看到未来的工作中也有许多故事，即所谓某种超稳定性的东西。

年轻的知识分子当上官以后，开始的时候总有点锐气，都想打破点老章法，革除点陈规陋习。不过，姚晓明是个明白人，虽然有点雄心壮志，却不准备去拼它个鱼死网破。他知道，只有大鱼才能破网，差不多的中鱼、小鱼只能从大网眼里钻出去，而且还得注意那条尾巴，要把尾巴夹得紧点，不能大摇大摆，以免把尾巴挂在丝网上面，所以他不敢大肆声张，也不发表什么就职宣言，只想悄悄地做到三点：

第一点是治标，即上任以后不要秘书写发言稿，有话要讲便自己写，无话可谈便免开尊口，免得浪费别人的时间和精力，也带来一些新的作风和气息。第二点是治本，对于各种请求报告以及需要解决的问题，该谁负责的都要有决断，有处理意见，不搞那种无休止的研究和不负责任的酌情办理，要把太极拳改成扑格星，引进西洋拳击。外国人要学太极拳，中国人要学扑格星，优势互补，调剂调剂。第三点是纯属律己，即不利用职权办私人的事体。如此的约法三章，说起来也不惊天动地，即使全部做到也进不了改革家的行列，没有什么新招，就事论事而已。

姚晓明倒也不管这些，开始向外钻啦，一钻就钻在会议里！

短命的会议也是一张网，而且是用尼龙丝织成的，不仅网眼小，而且会缠人，缠得你死死的。姚晓明上任以后，每天最少有三个会议，上午一个，下午一个，晚上一般不开会，可那宴会大多是在晚上举行的，弄得不好是此会套着彼会，赶会像驴子牵磨，团团转，不断头。姚晓明开始的时候也不想参加这么多的会议，可是架不住下面请，上面催：

"姚×长，我们这个会议很重要，代表都来自全国各地，某某人都出席了，你不去嘛，可就有点……更重要的是会挫伤大家的积极性，说明领导对我们的工作不够重视。"

"去一下吧，你刚上任，也应当对各方面的情况熟悉熟悉，至少也得露露面，让大家知道你是什么样子，讲话不讲话嘛……都可以。"

"对，到会表示支持，不讲话也没有关系。"

姚晓明拉不下脸来，再说，那尾巴也不能大摇大摆的，只得去了。

说好了只到会，不讲话，可是会议一开始便宣布："领导对我们的会议十分重视，姚×长亲自到会，而且是在百忙之中抽出身来的，现在请姚×长讲话。"这不是个骗局吗，怎么能出尔反尔呢？事情也没有那么严重，主持会议的人也有苦衷，因为有些领导嘴说不讲不讲，实际上还是想讲那么几点，如果你不请他讲，他会坐在那里憋得慌，认为你是把他请来摆摆样子的，特别是某些新当领导的人，你不请他讲，他会认为你是对他瞧不起，拿个老爷不当官，事情倒是有点严重的。

姚晓明真的不想讲，谁信呢。到会的主要领导人不讲话，好像总有些不正常似的，尽管姚晓明双手直摇："不讲，不讲，没什么可讲的。"没用。"哎呀，不必客气，多少讲一点。"话筒已经移到他的面前。

姚晓明虽然是大学毕业，可他读的是历史系，讲讲三皇五帝犹可说也，哪里对付得了什么技术鉴定、工业财贸、时装表演！不开口能行吗？话筒已经放在面前了，强光灯已经亮起来了，摄像机、照相机都举起来了，镜头都对准着他的嘴，台下几百双眼睛在暗处睁得亮晶晶的。姚晓明吓得只好张嘴了："同志们，我代表×××向大会致以热烈的祝贺，祝大会胜利召开，并预祝大会获得圆满的成功，祝同志们身体健康，工作顺利，谢谢大家。"

台下一片掌声，好，这位新×长爽气，不说废话。其实这几句话也属废话之列，只不过比长篇废话节约点，节约总是好事体。

好不了几天就坏了，人们替姚晓明取了个绰号，叫他姚祝贺。筹备会议的人在商量该请哪位领导出席的时候，便会有人出主意："还是请姚祝贺来吧，他反正祝贺几声便完了，耽误不了下面的宴会。"人们嘻嘻哈哈地一致同意，然后再恭恭敬敬、煞有介事地去请姚晓明出席会议："姚×长，这个会议很重要……"

姚晓明被人家私下里嘲弄一番倒也罢了，糟糕的是因此而引起了人们的怀疑："这人到底是不说废话呢，还是说不出什么东西，祝贺几声，混一顿吃的。"

"唔，差不多，大概是个白肚皮。听人说他进了大学便闹离婚，谈恋爱，一张文凭是混来的。"老故事到处扩散，它也能横向联系。

也有人提出相反的意见："不一定吧，听说他在某些场合也讲得头头是道的。"

"那，老一套，是秘书写的讲稿，我念起来比他口齿还要清楚些。"

反对的人也点头了，秘书写讲稿，领导读一气，这已成了故事，成了惯例，只要不读白字，不读破句，就算是不错的。

姚晓明的耳朵也不短，听到风声以后很不服气。什么，一定要讲点儿内容？可以。历史系虽非无所不包，查图书、翻资料还是受过训练的，只不过多花点精力。

姚晓明憋着一股气，自己动手写讲稿了。不管什么会议，他都能发表几点意见，有些意见还十分新鲜而精辟，报纸上不常见。可是那些老听众并未因此而改变对他的看法，还是循着老故事推论过去："看见啦，姚×长找到个好秘书了，发言稿写得不错，字迹也清清楚楚，拿去排版都可以。"

新听众不了解过去的情况，可那赞誉之辞也有点不伦不类："哟，这发言稿不知是谁写的，有点儿水平哪！"

姚晓明还不服："管它是谁写的，只要有一条管用，也就产生了效益。"他坚持不懈，苦苦地思索和收集各种精辟的意见。每日下班回来都掖着个公事包，里面装着书籍和资料以及报告和文件。一路走着一路想，明天上午的会议，首先要讲一点……有人和他擦肩而过，他都没有注意。回到家里便向房间里一钻，总要他的妈妈高嗓门大喊几遍："吃饭吧，小明……吃饭了，我的老爷！"叫得我坐在小楼上也听见了，以为姚晓明又蜷缩在码头边。

姚晓明吃完饭又回到房间里，那么个大热天，也不出来乘乘凉风透口气。在门外乘凉的老伙计们还说风凉话："你看，当官的人就是不怕热。"

姚晓明热得满头汗。气温高，心里急，心定自然凉，心里烦躁就控制不了汗水。发言稿写完了，那些棘手的事情怎么处理？人从哪里来，钱从哪里出，不开杠子解决不了问题。开了杠子又会引起类比。该谁负责谁负责嘛，谈何容易，谁都应该负责，谁都负不了责。他负责！可以，你出钱！只能研究研究，等待时机，等一个政策下来，便能迎刃而解。打太极拳也不都是向外推，双手摩摸的时候也像是捧了个大圆球，只不过那圆球暂且是无形的。姚晓明拿起笔来要批酌情办理，想起那约法三章又放下笔，直到夜半的凉风吹得门外的香樟树簌簌作响，这才想起明天还得开会……

半瓣巷里的光景一如既往，也看不出有什么生活节奏加快的痕迹。退休的老人领着孙儿孙女，乘上午天凉的时候在门外的空地上憩息，孩子们相聚游戏，老人们便坐在小板凳上抽烟，一个老羊倌牧着一只可爱的小羔羊，不时地叫喊一声"当心点"，算是牧羊人的响鞭。当小羔羊们相安无事的时候，老羊倌们便相聚聊天，闲聊各种话题。西瓜上市的时候便谈论西瓜，总觉得现在的西瓜不如过去的甜；杨梅上市的时候便谈论杨梅，只有杨梅还和过去一样，因为最好的杨梅也不能出口创汇，要烂掉的。

眼下，西瓜和杨梅都已下市了，那话题多是有关姚晓明的，人们把他当官以后的一举一动都看在眼里，记在心里：

"我说得不错吧，那家伙果然是一阔脸就变，眼睛倒没有长到额骨头上去，可那眼光只看地皮不看你。我前些时和他擦肩而过，对他点点头，可他连头也不抬，眼睛看着脚尖，好像脚下有个水塘似的。当大官的人我们这条巷子里也有呀，东头的老沈，西头的老方，人家都是抗日战争扛过枪，解放战争渡过江的老干部，也没有像他抖成这种样子！"

"谁叫你自讨没趣呀，他的眼睛看在脚下，你就应当把眼睛看着天，反正你的退休工资一个也少不了，他也没有办法给你增减一分钱。"

"神气哪，进出都掖着个大皮包，好像捧着颗官印似的，官印要装在绫匣里，那人造革的包包算个什么东西！"

"算不上神气，真正的大官儿都是甩着两条膀子，不拎任何东西。"

"喂，陈大奎，你有没有和他谈房子的事呀，他对你应该是另眼相看的。"

陈大奎不那么信心十足了："其实嘛，我也不是要他开后门，只是想让他说几句公道话。我家陈小刚在建新机械厂开模子，算得上是一把好手，结婚已经六年了……小华，别到河边上去……你们看，孩子都这么大了，房子还不知道在哪里，祖孙三代挤在一只螺蛳壳里。撇开私人关系不谈，他当官的人也应该关心群众的疾苦。"

"别说漂亮话啦，弄房子不比买香烟，拖拖拉拉的要等好几年，现在的干部都不是终身制，要办事情得抓紧点。"

陈大奎急出话来了："怎么不抓呀，就是抓不住。他每天从我门前走过，我都要和他打招呼，他也对我笑笑，点点头，就是那脚上的刹车失灵，不肯停留。前些时我特地拦住他，请他到我家坐坐，只要他肯坐下来，就会看到我家的拥挤，就能搭上话题……"

"哟，你倒也有一手。"

"……有两手也没用，他就是不沾边，话倒也说得蛮好听：'大伯，有空的时候我一定来，一定来……'滑脚了，你知道他什么时候有空呢！"

"从小一看，到老一半。这家伙本来就不讲情义。听说他乡下的那个老婆（未婚妻升级了）曾经哭哭啼啼地来找他。他也是来这一手，说是没空，不见。一日夫妻百日恩呀，难道就忘得干干净净的？你只不过给他吃了点棒棒糖罢了，而且是小时候，睬你！"

陈大奎倒有点不信了，从鼻子里冲出一股气："哼，他会忘记，他娘老子总不会忘记的。"

"对了，找他娘去！"

"叫你家陈小刚去骂山门，他们是光屁股的小兄弟，怕什么呢！"

我也经常和老羊倌儿们坐在一起，主要是看孩子们玩耍，或者是参加他们的游戏。和孩子们在一起的时候你可以变得单纯而欢乐，兴致勃勃，陶然忘机，想不到世界上还有那么多麻烦得使人疲惫的事体。可我的老伙计们不肯放我过门，动不动便要把我拉回这个现实的世界里：

"你怎么不讲话呀，姚晓明对你不错，你去提醒他几句。"

我笑笑，没有什么可说的。这些事情都是老故事，我的老账本里已经重复记载过千百遍，不新鲜，所以也想来点儿意识流：不会是这样的吧，他也许是太忙了，要不然的话，他为什么夜夜都钻在房间里，那室外的凉风，河边的蛙声，树枝间高空的繁星，屋面上月光如水，难道对他就没有一点吸引力？手里还拎着个大皮包，那又碍着谁，如果他不当官而拎皮包的话，谁也不会介意，拎只皮箱都可以。见人不理睬，眼睛看脚尖，这也需要仔细分析。有人见人就点头，其实并没有把人放在眼里；有人用微笑代替点头，可那微笑往往会被人忽略的；最容易被人忽略的是眼睑，有人用眼睑与人打招呼，轻轻地鞭扑一下，表示稔熟、亲昵、心照不宣等的意味，老眼昏花的人看不出，还以为他是不睬你。真正不想睬你的人是见而不视，不视必有视处，故意把眼光落在远处或斜在一边。见而不视和视而不见有区别，一种是眼神有所专注，另一种的眼神是散的，走路看脚尖的人也许连脚尖都没有看见。如此复杂而微妙的事情我不能轻信，必须亲自去试验试验。

姚晓明来了，果然是掖着皮包，眼睛看着脚尖。我和他来个正面迎撞，不偏不倚，如果他想见而不视的话，会远远地让到一边。他没有让，我没有避，待到快要撞个正着的时候，我才大叫一声："小明！"

姚晓明吓了一跳，停步发愣，瞬间苏醒过来："是你呀！"

"是我，我想提醒你，走路不能想事，现在的车辆、行人太多，地球上十分拥挤，得小心点。"

姚晓明无可奈何地摇摇头："谢谢你的关照，可我不得不思考一个问题，也是要向您请教的一个问题。你经常写写画画，我整天到会讲话，我们两个人都把语言当作常规武器，可我怀疑这语言到底有多少能量，能解决多少实际问题？"

"这……这……这就很难说了，有时候一言兴邦，有时候等于放屁，这要看你指哪一方面。"

姚晓明拍拍手里的皮包："喏，这个方面……失陪，我还要准备明天的发言。"

"请便。"我闪到路旁,让姚晓明回去,也不想提醒他什么了,每个活着的人都是醒着的,只是处于某种态势之中,势所必然,旁观者不明就里,以为他在昏睡,其实他比你还清醒些。

老伙计们见我不肯对姚晓明说些什么,心里痒痒的,但又不敢直截了当地对他提意见,老人们还有老脾气,总是背后骂昏君,当面呼万岁,结果却使姚德明倒了霉。

姚德明是个大闲人,而且天生一副好脾气,他除掉对种花养鸟比较认真之外,其余的事情都有点无所谓。无为使他活得十分自在,从来不被别人说长道短的;不争使他显得超脱而公正,差不多的小纠纷都来请他评评理。姚德明的理也很有民族特色,着重于息事宁人,不去明辨是非,总是承认事实,用"算啦"二字了结。"算啦、算啦,事情已经发生了,有什么办法呢,下次注意点。""算啦,只不过踏瘪了你家的一只洋铁畚箕,我替你敲敲平,或者把我家的那只新的换给你。我就喜欢用旧的,晚上放在门外也没人偷。"你别以为姚德明的道理有点荒唐,对维护安定团结还十分灵验。

老伙计们对姚德明就不大在乎了,当他把鸟笼子向香樟树上一挂，两个手指叉着下巴，正要入迷的时候，几位代言人便挨过来了，合伙发起攻击：

"老姚啊，你的画眉近来为啥不叫呀？"

"没有的事，这不是叫得很好吗？"

"见了你当然会叫啰，是你养的，见了我们就搭架子，头一缩，眼一闭，差点儿没把头颈夹到翅膀里。"

"你……你们是说我的鸟儿吗？"姚德明也傻不到哪里。

"说你家的那只大鸟，大鹏金翅鸟，官儿当大了，不睬人，不开口。"

"哦……算啦，他不睬你你也别睬他，不讲话可以养元气，话多的人是活不长的。"

"长话可以短说，三言两语，开导开导我们这些不识时务的老头。"

"有空也可以到我们家坐坐，包公还微服私访，他怎么能和群众不沾边！"说话的是陈大奎，他的目标是很明确的。

姚德明直摇头："算啦算啦，什么开导开导呀，你们没有见过'文化大革命'吗，谁和走资派有过接触，都要到专政组去检举揭发。瞎检举得昧着良心，不检举又过不了关，结果是多多少少都要瞎说几声。作孽！"

"别吓唬人啦，再来一次'文化大革命'我们也不怕，倒是要叫你家小明当心点，那时候当官的都没有架子了，叫他站就站，叫他跪就跪！"

姚德明愣住了，一块乌云遮住了天，他倒不是担心再来一次"文化大革命"，而是因为"文化大革命"给处世为人留下了鲜明的事例。

巷子东头住着一位"文革"前的部长，姓沈，因为他戴着一副深度的近视眼镜，人家都叫他沈眼镜。沈眼镜不知道是生性特殊呢，还是眼睛不便，走路不看人，面部无表情，话少得使人怀疑他的发音能力。谁登门求他办什么事情，他默默地听你陈述，不点头也不摇头，直坐得任何人再也坐不住了，他便把人送到门口，连再见也不说一声，生怕以后人家还要再去找他似的。没有听说过沈眼镜伤害过什么人，也没有听说他在工作中有什么严重的官僚主义，可是巷子里的人都骂他，骂他比死人多口气。只有孩子们对他还不错，因为他见了孩子便满脸笑，有时候还蹲下来，让孩子们轮流去摸他那厚墩墩的眼镜片。

巷子的西头住着一位老方，曾经当过一家大工厂的党委书记，听说老方打过游击，能在很短的时间里把一个村庄上的人都弄熟，而且知道哪个孩子是哪家的。他和巷子里的人个个熟，老的老叫，小的小喊，拍拍青年人的肩膀，和妇女们说几句笑话什么的。不管什么人去求他办事，他都笑哈哈地点头："行，只要我能办到，一定尽力而为！"他能办到的事情并不多，但也总能办成一两件，比如替妇女们买点零布头，为谁买点边角料之类。

　　此二人在"文化大革命"中都免不了挨斗，这是在劫难逃的。可这斗轻斗重，真斗假斗，伤皮伤骨丧命等却因人而异，除掉特殊的情况之外，一般都和各自的处世为人大有关系。沈眼镜被打断了脊梁骨，真的丧失了说话的能力，张开嘴巴没有声音，滴滴答答地流口水。如今由他的老伴搀着，弓腰、瘸腿，每天在巷子里走个来回，算是锻炼。他见了孩子们还想停下来看看，歪头，斜眼，白眼珠子直翻，吓得孩子们连逃也来不及。那老方在"文化大革命"中当然也挨了斗，可那斗争并不伤筋动骨。现在虽然也离休了，可他还能贡献余热，担任着什么顾问和理事，经常收到请帖，吃得胖乎乎的，忙得乐哈哈的。

　　姚德明东张西望，左思右想，总觉得儿子的处世为人有问题，内中潜伏着某种祸患与危机，即使没有"文化大革命"，可这祸兮福兮，种刺的总不如栽花的。姚德明对儿子的事从不过问，这件事却不得不敲敲他的木鱼头，乘着吃饭的机会发话了：

"小明，我想问问你，你这个芝麻绿豆官准备当到哪一天？"

"啊，当了半年多啦。"姚晓明心不在焉。

"我是问你能当多久？"

"绝不会天长地久，一任是四年，连一任是八年，但愿不被撤职不连任，穷人的买卖一次到头。"

"噢，看得见。结束后你是准备进京呢还是出国留洋去？"

"都不可能，最后还得向你学习，种花养鸟，每天早晨吃碗焖肉面。"

姚德明把酒杯一放："哒，你少了点火候，学不会。我看你是在向沈眼镜学习，到头来是瘸腿瘸脚，由老婆挽着在巷子里锻炼！"

"没有那么严重吧。"姚晓明还是笑嘻嘻的。

老头儿拿威了："不要嬉皮笑脸！为官是一时，为人是一世，你上了台就不睬人，下了台谁睬你，不当官不要紧，要紧的是不要被人家说长道短，到时候你可以平安自在地坐在树下听鸟叫，那些不咸不淡的话就不会飘到你的耳朵里，顺风得意的时候不要把蓬扯足，否则要翻船，船翻了还没人救你！"

金惠芬也担心了："是呀，我也听人家说，说你是一阔脸就变，小明，你变了没有呢？"她总觉得儿子没有变，外间的闲言全是妒忌。

姚晓明却满口承认："妈，是变啦，我发现人是一阔脸变黑，所以那戏台上的包公是黑脸，可惜我黑得还不够深，不够硬。索性黑得像块铁，人家倒也没有什么可说的，还称赞你是铁面无私哩！"

金惠芬听得出，儿子好像在和谁怄气，她在厂里当过工会小组长，能把生气的女工说得笑起来，而且自成一理："小明，别生气，这些事情不能怪你。你干的工作是露天作业，是爬电线杆子的，戴上凉帽也没用，脸总是要黑的。现在的系列化妆品很多，你可以搽点儿增白粉蜜，使得黑脸变白脸。巷子里的人也只是要你关照，修修路，修修石驳岸和水码头，隔壁的陈大伯也来过了，要你帮小刚解决房子问题，你若能把这两件事办好，连增白粉蜜也用不着买，人家会替你涂脂抹粉的，那老方办过什么大事呀，只不过买买零头布和边角料，说起来就是两样的。"

"那不行，我早就拿定主意了，决不利用职权办私人的事情。"

"什么私人的事情呀，是我们家要房子吗？你当了官儿不要房子，已经十分大公无私了，还要怎么的。不要把话说绝呀，放在心上，考虑考虑。"金惠芬把个儿子当作工会会员似的。

姚晓明只好向老子让步："爸爸的意见我可以接受，前些时实在是忙昏了，进进出出想问题，人家还以为我是拿架子、轻骨头，这事情一定放在心上，一定注意。"

姚德明也满意了："算啦，以后注意点。"

姚晓明果然开始转变了，我首先发现他不再拎那只大皮包，走路也比较从容点，只是对巷子里的事还是漠不关心，精神也有点萎靡，人们见他没有了那副雄赳赳的样子，看上去好像也舒服些。

终于有一天，陈大奎向老伙计们报告好消息："怪了，姚晓明今天主动和我打招呼，喊了一声早，我开始不敢答应，以为有什么大人物站在我的背后，回头一看没有人，转过身来见姚晓明笑嘻嘻地站在我的面前，问我的身体可好，还劝我戒香烟。"

"对他谈过房子的事吗？"

"急啥呀，只要他像个人，总归会讲交情的，今天突如其来，没有准备。"

"我看是未可乐观，他首先劝你戒香烟，就是封住你的嘴，如果你请他买烟的话，他会说：'戒掉算啦，那玩意是有毒的。'如果你请他弄房子，他会说：'克服克服吧，缺房的人多着哩。'这小子鬼得很，油缸里的西瓜，抓不住的。"

陈大奎又犯愁了："唔……这话倒也可能，看来还得盯住他的娘老子，上回刺了一下姚德明，还是有效果的。"

其实，姚晓明的转变和他娘老子的教导并无太多的关系，主要是他终于认清了一点，那语言的力量是有限的。他花了那么多力量去准备发言稿，干什么呢，回过头来看看，那些讲话只不过是一种气氛，一种礼仪。人们都热衷于开大会，那是造声势的，大会的本身并不解决多少问题，也不准备解决多少问题，问题的解决是在会前或会后，是在私下里的商量和小范围内的统一。大会发言讲得再好，那也只是喇叭筒，不是定音器，管你讲得天花乱坠，什么热烈欢迎，大力支持，等到人家把手一伸：批钱！这个嘛……完结，漂亮的言辞等于向墙头刷白水。姚晓明也弄不明白，还有点愤世嫉俗，那些并非日理万机的人为什么自己不写发言稿，而要秘书代劳。现在懂了，就是那么回事儿，不必在此多费精力。算啦，所有礼节性的发言全交给秘书起草去。

秘书小黄也是个大学生，刚从秘书班分配来的，接受任务后十分高兴，要大显身手："请放心，你的发言稿我都研究过了，知道你欢喜讲些什么内容，也知道材料是从哪里来的，我保证写得合乎你的思路，而且保持你的风格和语气。"

姚晓明愣了一下，危险，好好的一个人才，差点儿无用武之地。

发言稿不写了，那西洋拳击也收回。拳击比赛不适合中国的国情，太残忍，太刺激，更主要的是目标不明确，拎着两只皮拳不知道该打谁，远的打不着，硬的打不碎，打谁谁都叫唤："哎啊啊，这事和我没有关系。"只能运用太极拳的软硬功，转圈圈，瞅空子，等时机，顺水推舟地办那么一两件。姚晓明也在报告上批"已阅"二字了，每当写上这两个字的时候便会想起历史上有几位聪明的皇帝，他们常在奏章上批三个字"知道了"，已阅和知道了是同义词，古代用的是白话，当今用的却是文言。

老路到底好走啊，千百万人已经走了多少年，陡弯拉直了，路面碾平了，桥梁都是钢骨水泥的，有路标，有红绿灯，有加油站，有停车场，设施十分齐备，只是因为车辆太多，限速十五公里，想超车可有点危险。

姚晓明暂时也不想超车，只是想方设法把方向盘抓到自己的手里，他已经摸准关键所在了，憋气去写发言稿是干了一件吃力不讨好的傻事，根本的问题是要把人事和经费抓在手里。这一抓果然非同小可，人们对他立即肃然起敬，望而生畏，再也没有人敢嘻嘻哈哈地请姚祝贺到会讲话了，生怕到了现场后发脾气："你们这会议的预算是怎么造的，说是三百人，实际上只有一百几，横也钱不够，竖也钱不够，可哪来这么多的钱搞旅游，摆宴席！"人们还摸不透姚晓明的脾气，新官上任之后要检查防火设备。

姚晓明轻松多了，生活也正常了些，回来时和张三说说话，和李四点点头，晚上也到门外的空地上坐坐，和人们谈谈天气，有一次居然还跑到我的小楼上来：

"你好呀，还在写吗？"

"是呀，多少写一点。"

"这就对了，不写也不行，多写了伤身体，多少写一点最为适宜。"

我以为他来找我说什么事，说了片刻却全是礼节性的。"怎么样，你最近好像不那么心事重重了，工作顺手了一点？"我把话题转移，想听他谈谈当官的体会。

姚晓明笑笑："也谈不上顺手，只是摸到了一点规律。干什么事都一样，开始的时候都是想象大于实际。世界上的事情存在的不一定都是合理的，可是存在的却都是有理的，有历史的渊源，有连带的关系，复杂得很呢！"姚晓明没有讲什么具体的内容，却也透露了一些内心的奥秘。

我听了以后也说不清是忧是喜，总觉得这些话十分熟悉，我那老账本里处处都有记载，包括我自己的经历。

老伙计们对姚晓明的此种举动表示欢迎，说他已经有了个人样子，而且变得平易近人。这种平易近人虽然有些装饰的意味，总比搭架子要好点，相互之间可以有机会直接对话，用不着唱隔壁戏。

"姚×长，你为官一场总要留下点什么东西，让巷子里的人永远记住你。你和老方、沈眼镜不同，他们是外来户，你是土生土长的，你的根在这里。往年间，我们这条巷子铺的是石板，沿河有长条石作栏杆，孩子们不会掉下河，老人们可以坐在上面休息。说这话可有点犯上了，都是那短命的'深挖洞'，把石板撬去砌洞壁，马马虎虎地铺了些碎砖头，石栏杆也没了，巷子里的路坑坑洼洼的。应该做做好事，把巷子恢复到原来的样子，虽然不会刻石碑纪念你，那口碑也会世代相传的。"

姚晓明连连摇头："不敢当，我个人不能解决问题，这种事城建部门有计划，要分期分批修理，欠的账太多，经费又是有限的。"

"完啦，你这么一说我们就没有指望了，一条河岸要修两三年，而且先修风景旅游点，等修到我们这里呀，我们这些老哥儿们早就困上铁板啦！"

"不会不会，大家多多保重，长命百岁，再见……"姚晓明赶紧脱身，不敢纠缠，他要守住最后一道防线，绝不做任何承诺去办与己有关的事体。

那陈大奎可就很难摆脱了，姚晓明下班回来的时候，常常发现陈大奎已经坐在家里。关于替陈小刚弄房子的事情几次都被姚晓明回绝了，所以陈大奎再也不讲话，三日两头来坐坐，坐在门边的那张方凳上，闷头抽烟，那光秃的脑门上汗珠冒冒的，烟雾在堂屋里弥漫着，弄得家里的气氛像沉闷的黄梅天。

姚德明见到陈大奎来就不知道如何是好，这事情不能用"算啦"二字了结，只好死人不管，拎起水壶浇花去。

金惠芬见到陈大奎心就皱起来，好像欠了人家的债还不出，害得人家一趟趟地跑，像坐班房似的坐在那里。这老头儿可不是放印子钱的，他一生一世只帮人，不求人，如今却为了儿孙活受罪，可怜。金惠芬生怕陈大奎受冷落，一面做晚饭，一面替陈大奎泡茶、递烟。

陈大奎不喝茶，烟也只抽自己的，不抬头，不看谁，静坐示威。

姚晓明回来以后也只好陪坐，避开陈大奎是于心不忍的，他虽然记不清曾经吃掉他的一箩棒棒糖，但也没有完全忘记自己的青少年，那时候天天在陈家玩，和陈小刚一起滚铜板，搬砖头，妈妈做夜班的时候，便和陈小刚睡在一张床上，那已经去世的陈大妈对他像亲生儿子似的。他和陈小刚一起闯了祸，挨屁股的总是陈小刚，从来没有责怪过自己，他吓得哭起来了，陈大妈还要替他擦眼泪："别哭，都是小刚不好，不怪你。"这一些姚晓明都忘记不了，也不敢忘记。不计前仇是中国人的美德，忘恩负义却是大逆不道的，如果是为了买香烟的话，他绝不会让陈大奎跑第二回，可这弄房子的事情实在无能为力。不能以权谋私的道理已经讲过几遍了，那陈大奎就是不信，他能举出许多事例，某某人为儿子弄了一套房子，某某人为孙子也做好了准备，某某人为了老部下，某某人为了小兄弟，人家都有办法，你为啥无能为力？姚晓明也无法否认这些事实，只好来硬的："是呀，我就是不想干这种事体！"你来硬的，陈大奎就来软的，静坐而不绝食，坐到金惠芬把饭菜端上桌子才起身告辞："我回去吃饭了，明天见！"

金惠芬挽留了："就在这里陪德明喝两杯吧。"

"免了，没有这点情趣。"

金惠芬拿着一把筷子直发愣，散开筷子直叹气："小明，你想想办法吧，再这样下去我就要生癌了，心里老像有个块似的。"

"无法可想啊，妈。现在的房子都是单位所有，小刚的房子要靠他厂里解决，他那爿机械厂是个亏本单位，别说造职工宿舍，连发工资都有问题，我不能利用职权胡搞一气。"

"是呀，妈也知道你为难，你想当个好官，好官要大家当，一个人是当不成的。"

姚德明火啦："算啦，孬官也不能当，干脆辞了算了，不当官的时候大家和睦相处，当了官反而生出嫌隙，那陈小刚还没有来骂山门哩，他可没有耐性坐冷板凳的。"

果然，陈小刚熬不住了，乘着姚晓明上班的时候拦在大门口："姚晓明，你还认识我吗？"

姚晓明知道不妙，笑笑："小刚，这是什么话。"

"什么话？大老粗的话，小工人的话。你小子抖起来了，只顾自己往上爬，忘了光屁股的小兄弟，哥儿们哪一点搭不够，小时候替你挨屁股，'文化大革命'又为你当打手，肩膀上挨了一刀，差点儿没把耳朵砍掉……"

"哎呀，现在还提这些做啥。"

"别装佯了，做啥你还不知道？兄弟没出息，没有文凭，没有职称，没有办法才求你拉一把，安顿个狗窝什么的。可你架子十足，官话连篇，装得倒像哪，装给别人看看也就算了，装给我看大可不必，你身上有几根肋骨我都摸过的。"

"小刚，这事情并非我不帮忙，实在是……"

"实在是有困难，对不对？怪了，没有困难还找你干什么呢，肯帮忙为朋友两肋插刀，不肯帮忙连拍只苍蝇也害怕传染。算啦，我活到三十多岁总算认识了一个人，去吧，当你的官儿去……"

姚晓明听了腿都发软，大清老早，劈头盖脸地被骂了一顿，而且不容分辩，官儿实在不是人当的；人人都反对利用职权，不利用职权又被骂得狗血喷头。姚晓明反躬自问，当官到底有什么好处呢？不错，当了官儿有汽车坐，三日两头去参加宴会，那工资也增加了一点。可是坐汽车是为了陪客人，赶会议，那天晚上老婆发高烧，还得自己用自行车把她推到医院里。宴会也是个负担，多吃了没滋味，还不如晚上回家吃碗菠菜肉丝面。增加的那点工资嘛，还不如摆一天小摊头，还有什么呢？对了，还有点名气，那电视台的地方新闻里经常有自己的镜头，讲话，剪彩，握手，干杯，可那看电视的知识分子也真缺德，竟说自己是"功勋演员"，够挖苦的。

姚晓明窝着一肚皮的气，慢吞吞地跑到机关的大门口，见到那辆桑塔纳已经放到大门口，秘书小黄正急不可耐地看手表哩：

"姚×长，快点，八点半塑料制品厂开工剪彩，中午便饭，上车吧。"

"不去！"姚晓明火了，"又是剪彩，宴会，不剪彩就不能开工吗，白白地浪费金钱！"

小黄不明白了，这内行人怎么说出外行话来的？"不不，一点儿也不浪费，开工剪彩开大会，电视台要播新闻，报纸上要发消息，这比做广告的效果好，拉了关系还省了钱。"

姚晓明只好翻眼睛："唔……高见，那就请你走一趟吧，代表我参加会议。"

"那不行，你不去就降低了新闻的价值，到时候电视台不播，报纸上不发，广告没有做成，白花了三五千，那才是真正的浪费呢。"小黄拉开车门，"为了增产节约，快上去！"

姚晓明钻进了汽车，无可奈何地摇摇头："我这不是成了广告人啦！"

"唔，有那么一点意味，可是这种味道很美，有人吃不够，有人想尝还尝不到哪！"

姚晓明叹了口气，又去尝那不知道会不会尝够的滋味。

厂长站在厂门口欢迎，两旁有人拍手，进休息室，登主席台。念讲稿，拍电视，行礼如仪，足足搞了两个钟头，然后全场出动，拥到车间门口。门口有两个漂亮的姑娘拉着一匹红绸，四五斤重的大彩球悬在中间，拉平了也很费力，两个更漂亮的姑娘托着两把剪刀，走到剪彩人的旁边。姚晓明已经明白此举对反浪费的意义，特别把动作放慢点，照顾一下摄影的和录像的。不料旁边的那位剪彩的朋友却有点不明大义，拉起来就是一剪刀，使那只彩球半边悬空，晃晃荡荡的，人们已经哗哗地鼓掌了。姚晓明的剪刀才张开口，他想加快速度使劲铰，食指根儿上磨破了一块皮，虽然没有出血，却也有些火辣辣的。姚晓明觉得今天太晦气，出门挨了一顿骂，剪彩又磨破了手上的皮。

塑料制品厂的张厂长感到姚×长今天有点不如意，脸上的肌肉绷得紧紧的，他想不出有什么怠慢之处，只能格外小心点。他知道姚晓明已经不是当初的姚祝贺了，批钱批物是说了算的，所以在陪姚晓明参观车间的时候先挑好的说，把困难和要求放在后面，领导心情不好的时候千万不能提要求，提十个要求至少有九个会泡汤的。

"姚×长，请从这边走。你看这厂房，宽敞、明亮，温度也可以调节，外商见了也很惊讶，说是在香港根本就没有这样的条件。你看这两条流水线，我们只花了很少的一点外汇引进关键设备，其余都是国内制造的，在设计上也很有特点，我们能在十二小时内把机械调整好，生产新规格的东西。塑料制品最大的特点便是多变，差不多要月月翻花样。别看我们不出什么名牌产品，可是名牌产品少了我们就不行，我们甘当配角，可这配角的收入比主角的收入还要高一点，而且不担风险，张三的牌子倒了，我们便替李四当配角去，两年之内可以收回投资，而且可以上缴一亿元的利税。"张厂长也不乱吹，这一些都是经过预算的。

姚晓明对张厂长的比喻有点不满意："这么说起来，当主角的反而不如当配角的，你不觉得这事儿有点不合理？"

"合理，完全合理。当主角的有名声，由名而得利，名利是可以互换的；当配角的没名声应该多拿几个呆头钱，一个是活的，一个是死的，算下来还是公平交易。"

姚晓明笑起来了："不简单，倒给你发现了一条名利互换的价值规律！"

"哪里哪里，这条规律也是被你逼出来的……请从这里走……喏，这是我们厂的心脏——模具车间。"

模具车间里，几台机床横七竖八地放着，钳作台上也是乱糟糟的，四五个工人站的站，坐的坐，有个小胡子还坐在高脚凳上抽香烟，也不把个厂长放在眼里。

张厂长在模具间的门口迟疑着，不知道那准备好了的要求该不该提。照理说，提要求的最好场合是在宴会上，是在那种闹嚷嚷称兄道弟的时候，可他知道姚晓明从来不喝酒，只喝橘子水，倒不如乘他脸色泛活，目睹现状的时候把要求提一提：

"姚×长，你都看见了，这模具车间是我们工厂的心脏，可我们的心脏也不健全，影响到产品的更换和竞争的能力，如果不追加一些贷款的话……"

"你们早干什么的，怎么能让心脏不健全的人去参加运动会！"姚晓明不假思索地便顶回去了，现在的领导有句格言，要命有一条，要钱是没有的。

"是呀是呀，当初有钱的时候国内没有合适的设备，现在设备有了却没有钱。预算内的钱也不是瞎花掉的，这个捐，那个税，原材料涨价等等，各种手都来掏你口袋里的钱，哪一只不是魔爪！别处抓不住，只能抓住你。我也知道你有难处，我的难处比你还多哪，钱也不是万能的，有了设备还得有人，这熟练的模具工到哪里去找呢……"

"模具工！"姚晓明的脑子里忽地一亮，气势汹汹的陈小刚又出现在眼前。

"对了，模具工。现在要找个能干的模具工，要比找个不能干的工程师困难十倍。你看见那个小胡子了吧，二级工的水平，八级工的派头，没有办法，就算他还懂一点。"

姚晓明脱口而出："我向你推荐一个模具工，一把好手。"

"谁？叫什么名字，在哪里？"张厂长表现出极大的兴趣，好像比贷款还重要似的。

"叫陈小刚，在建新机械厂，那里的产品是定型的，英雄无用武之地。"

"好极了，建新厂的厂长和我很熟，没问题。"

"有问题呢，那陈小刚要一套房子。"

"房子……有，我们的新工房保留了几套，就是为了招贤的，给！"

姚晓明没有想到这么顺利："你倒很爽气。"

"并不是我爽气，实在是你帮我解决了一大难题。姚×长，那贷款……"张厂长直视着姚晓明。

姚晓明也很爽气："有什么可说呢，既然得了心脏病，总得想办法医。"

"哦！谢谢，你一下子为我们解决了两大难题。请，从这边走……"张厂长陪着姚晓明向餐厅走去。

姚晓明浑身轻松，歪打正着，无意之间掏出了喉咙里的一根鱼骨头，要不然，那陈大奎静坐示威，陈小刚骂骂咧咧，那日子也不是好过的。他反躬自问，这算不算以权谋私呢？不算。塑料制品厂的困难总得解决，最多是时间的长短和利息的高低；陈小刚的调动是人尽其才，调动中解决住房，更是两全其美。

姚晓明回家以后，首先向妈妈通报了消息，使老人家得到宽慰。

金惠芬合掌念佛："阿弥陀佛，我马上去告诉陈小刚，关照这个戆大，人家要调立刻同意，不要挑三挑四地再生枝节。"

　　"妈，你还要关照他，目前不要到处乱讲，事情虽这么说了，成不成还是另一个问题。至于房子，那是要拿到钥匙才能算数的。"姚晓明对于诸如此类的事情知道很多，只要哪个环节上出点差池，或者是半路里杀出个程咬金等等，事情就会砍掉，或者是无限期地拖下去。当今谋事的人，说话都得留有余地。

　　也许是姚晓明过于谨慎了吧，也许是他还没有意识到自己的权力。对于权力他只是从外部看到一些弊端，而未从内中领略到它的微妙与神奇；他只知道简单粗糙地以权谋私，还不懂得精致巧妙地以权示意。

　　二十天以后，也是在快要吃晚饭的时候，陈大奎领着陈小刚到姚晓明家来了。他左手拎着两瓶酒，右手拎着两盒人参蜂王浆，进得门来便高声喊："金师傅，还没有吃晚饭吗？"声音响亮，喜气洋洋，不像以前那样愁眉苦脸，沿墙摸壁。

　　金惠芬从厨房里迎出来，一看就明白了："哎呀，成啦！"

　　"成了，房门的钥匙也拿到了！"

　　陈小刚说着便从裤腰的皮带襻儿上摘下一根长链条，使劲一拉，嗦啷一响，四把明晃晃的钥匙从右边的裤袋里跳到空中，他乘势把手一举，捏着链条的末端，把钥匙舞得呼呼作响，舞成一圈白光，这是长夜后的晨曦，峨眉山上的佛光，梦幻般的极地之光。陈大奎张开嘴巴看着，眼睛里含着泪水。

陈小刚的手一顿，唰的一声，链条和钥匙全部收进了掌心，像耍把戏的人收回链镖似的。他掂着钥匙向姚晓明深深地鞠了一躬："兄弟，我真不知道怎样才能谢你，如果……如果……"他实在想不出什么够朋友的词了，"如果再发生'文化大革命'，兄弟还得为你卖命！"

"瞎说八道，你什么时候才能忘掉这些梦话呢，好好干吧，那爿厂的条件是不错的。"

"没话说，我们模具间是计件工资，上不封顶，下不保底，我甩开膀子干，收入能增加一倍。小明呀，这回我可对你服了，你稳稳当当，不声不响，嘴上拒绝，心里帮忙，够意思的！"

姚晓明知道这些都是恭维话，而且与实际情况不符，可是恭维总比谩骂好听些，这事情办得确实很漂亮，一箭射下双雕，那老雕的嘴里还有一只老母鸡："怎么样，以后不要骂人了吧。"

陈小刚打躬作揖："算了，别揭兄弟的疮疤了，我这人的脾气你还不知道吗，没有坏心，却有臭嘴。"

陈大奎听不懂他们的话，小刚骂山门的事情他不知道，倒是觉得双手沉甸甸的，哟，礼物还没有亮出来呢。他把酒和蜂王浆放到桌子上："实在不好意思，只能表表心意。"

姚晓明嚷起来了："哎呀，大伯，你这是干啥呀，我怎么能收你的东西！"

陈大奎明白过来了："别嚷嚷，这事和你没有关系，我不会叫你犯错误的，这酒给你爸爸喝，蜂王浆给你妈妈补身体，怎么样，谁能禁止老百姓相互送东西。"

金惠芬笑哈哈地说："大哥，这蜂王浆我不能吃，吃了嘴唇边上会起泡的。"

"德明，这酒你总能喝吧，你每天都得弄几杯。"

姚德明望着陈大奎，不冷不热地点点头："喝，这酒是天天要喝的，可我怕喝你的酒，也怕你天天坐在我家抽香烟。"

陈大奎连忙转身："好好，以后再也不来了，再来你就把我轰出去！走吧！小刚。"陈大奎拉着儿子，急忙往外溜。

姚晓明跟着叫喊："大伯，你回来……唉。"他看着桌子上的礼物说："妈，等会儿你把它送过去。"

金惠芬摇摇头："不碍，送回去会叫人难堪，还以为你嫌礼轻呢，放着，等小刚搬家的时候我们送他一块玻璃匾，礼尚往来嘛，到处都是送来送去的。"

姚德明戴上眼镜，把玩酒瓶："看样子我以后不愁没酒啰……咦，这酒的招牌有点不对，现在的冒牌酒多得很，不知道是不是有毒的！"

金惠芬还没有来得及去买玻璃匾，陈小刚已经开始搬家了，那急吼吼的样子好像害怕有人抢房似的。可是想快也快不起来，半瓣巷的路不好走，不能走卡车，只能在下班以后借辆黄鱼车，一趟趟地走来回，像蚂蚁搬家似的。

下班的时候巷子里的行人多，自行车的铃铛响成一片。陈小刚推着黄鱼车，车上装着箱笼、被头，还有那摇摇晃晃的落地电风扇。菜篮子、柳条筐、纸板箱都是泡货，便用绳子吊在车子的两旁和那后面的铁栅栏上面，小小的一辆黄鱼车膨胀成一堆庞然大物。陈小刚的老婆坐在大物的中间，一手稳住电风扇，一手扶住洗衣机，眼睛看着车后，防止丢失东西，嘴里还得吆喝："喂喂，让开点，让开点！"车轮盘有时陷入凹凼，过路的邻居便来相帮推，放学的孩子瞎起哄，站在路边当啦啦队，"一、二，加油，噢，走啰"，使得这个小小的搬家运动搞得热热闹闹，轰轰烈烈，等于是向巷子里的人发布消息："陈小刚弄到房子了，是姚×长帮忙的。"这事非同小可，弄到房子和中了头奖是一样的，中头奖还得买奖券，弄到房子却不花一分钱，那点儿礼物不能算，人家还得回送一块玻璃匾。

陈大奎坐在树荫底下看热闹，不帮忙，不动手，只是一个劲儿地向老伙计们派香烟，好像他的儿子又结婚似的。老头们和他开玩笑："大奎，你不去相帮推一把吗？不心疼儿子也心疼媳妇呢。"

陈大奎一本正经，发表宣言："嘿嘿，我早就声明过了，我为儿女操心只忙三件事：结了婚，生了孩子，有了房子，结束。从此以后万事不管，早上一碗面，下午一档书，晚上坐在电视机前打瞌睡。"他抄起双手，跷起大腿，脚尖儿在地上踮几踮，一副功成名就、死而无憾的派头，使得老伙计们十分羡慕，有点眼热。

"是啊，我们这些人忙碌了一世，还求个什么呢，能完成三大任务就是上上大吉。"

"那也得碰运气，你陈大奎如果不碰上姚晓明，只好投河、上吊去！"

陈大奎连忙放下大腿，好像是提到某个伟大人物便要立正似的："那当然，那当然，没有说的。看样子我们以前错看了姚晓明，这人表面冷淡，心却是热的，知恩图报不放在嘴上，而是记在心里，过头话不说，空头支票是不开的。"

"他比巷子西头的老方好，那人表面热情，样样事情都答应，其实是个滑头，像这种弄房子的事情他绝不会干，除非是为他自己。"

"我早就说过啦，官儿总是要有人当的，当得越大越好。如果姚晓明将来成了大人物，这里就是他的故居，就是个旅游点，我们的后人可以在故居的旁边开小店，卖卖旅游品和橘子水，世世代代都受益。"

"那是哪百年的事呀，我们要讲现的。陈大奎，你也不能自私自利，不顾公益，再去找姚晓明说说，快把我们这条巷子修修好，修好石驳岸和水码头。你说比我们管用，还可以在那一箩棒棒糖里再榨点油水，杨柳枝上的仙水大家洒洒呗。"

"不行不行，我不能再去了，再去说事姚晓明会把我轰出来的！"陈大奎当然记得，那闷头抽烟的日子也不是人过的，欢乐的后面总有痛苦的回味，"你们去说嘛，你们哪个和姚家没有关系，大家的事情大家出力。"

老伙计们一起出力了，不把功劳全让给陈大奎。乘着姚晓明在门外纳凉的时候，便搭讪着凑了过去。不知道是什么缘故，人们对姚晓明突然起了敬畏，态度和言谈都不像以前那么随便。

"姚×长，吃过晚饭了吗？"官衔正式启用了，姚晓明、小明、小姚等也叫不出口。

"吃过了，等着洗澡哪。"

"今天有点儿闷热。"

"是呀，温度高，气压低。"

"预报今晚有雷阵雨。"

"那好，下一场大雨也可以凉快点。"姚晓明是问一答一，问的都是废话，答得也很随便。他轻松自若地看着几位拘谨的老人，等着他们亮底。

"雨下大了可不好呀，这巷子里坑坑洼洼，到处积水，小孩子上学，老太太买菜，行走都不方便，上次下大雨的时候，有三个小孩滚得像泥猴。"

"姚×长，我们这条巷子，这石驳岸和水码头，什么时候才能修好呢？"

姚晓明笑笑，果然不出所料。自从无意之间解决了陈小刚的房子以后，他便有意识地去查问过这件事，如果把权力当作流体力学来研究的话，那还是有门儿的，液压传动比齿轮传动平稳而又减少摩擦力。他虽然还没有什么明确的打算，可这一次却不想脱身溜走，反而主动进击：

"怎么啦，你们的意思是要叫我说说话！"

"是呀是呀，你说一声不就解决了吗。"

"没有这么容易吧，我早就对你们说过了，这件事情城建部门有计划，不是哪个人说了算数的。"

"那……你不说我们也就看不见了！"

"看得见，会看得见的，呀，不要性急。"姚晓明不做明确的答复，可也没说希望大家长命百岁，话音中有某种确信，包含着某种契机。

别以为老头儿们不识时务，他们都是饱经世故的，当官的人只能把话说到这一步，怎么样，还能叫他写个字据给你！一个个说了些恭维话之后，又把话题转向了天气。

当天晚上果然下了一场透雨，那呼呼的风声整夜没有停息，秋天乘着风雨，也就悄悄地到了人间。

这年的秋天雨水特多，太阳成了稀罕的东西，巷子里经常积水，那水凼是很难干涸的。我躲进小楼成一统，不出大门边，可那窗外的风声雨声和行人的怨言是关不住的。深夜常听见有女人的急叫，哇！一脚踏在水凼里。接着便是一阵咯咯的笑声和骂声，那是下班的女工们。

"这条阎王路什么时候才能修呀！"

"姚×长已经忘记了吧，他反正是坐汽车的。"

"不对，他每天也得走进走出，汽车开不到大门口。"

"好。那还是有希望的。"

希望总是在等待之中，只有等到几乎是无望或已经淡忘了的时候，它才突然来到身边。

第二年春暖花开的时候，巷子里突然翻了天。小板车像一条长龙，运来了黄沙、石子和水泥，机帆船啪啪作响，从小河里运来石板、石条和六角形的水泥砖，树底下和码头边，物料堆得像小山似的。

施工队开进来了，每人推着一辆自行车，自行车的后面推着元宝车，元宝车上放着绳索、钢钎、铁耙、畚箕之类。

巷子里的人站在门口看，像欢迎一支英雄的部队，围着领队的施工员问这问那的：

"什么时候能修好呀？"

"快得很，六十个晴天。"施工员把手一举，伸出大小两个指头。

"骗人，前年大新街上修驳岸，拖拖拉拉地修了一年！"

"那是什么时候呀，现在是包工、包料、包工期，拖一天要罚三百块钱！"施工员是老门槛，到哪里施工都得搞好群众关系，"往后要靠大家多多关照，我们这里都是农民工，早出晚归，元宝车可以用链条锁起来，零星的工具要存放在哪位的家里。"

"没问题，放在我家门堂里。"

"还得麻烦大家，供应点开水，我们付钱。"

"算啦，你那两分钱丢在地上也没捡。"

老人们关心后事：

"这石驳岸怎么修呀？"

"河边上有没有石栏杆？"

施工员眨眨眼睛："老伯伯，这些事情你就别问了，我祝贺你们有福气，能和姚×长居在一条巷子里。老实告诉你们吧，这条小河全长八公里，沿河的驳岸和巷子都要修，全部修好也不知道是哪一年。你们这里是先行，是样板是典型，做出了典型来要钱，你们想想看，这工程的质量还能差到哪里，我们能在×长的门前拆烂污吗，不要面子也要皮！什么石栏杆木栏杆呀，你们没有见过现代化，小打小闹的。"施工员的话很多，人也风趣，乐得老头儿们轮流请他抽香烟，每天供应四瓶开水。

半瓣巷兜底翻了，先埋污水管，再用六角水泥砖铺路面，路面向河边拓宽了一米，小轿车、面包车、搬家的卡车都能开到各家的大门口。先修路，再修石驳岸和水码头，可以使来往的行人少受罪，施工的程序也很合理，不像某些市政工程，先扒了再说，立个项目，然后等材料，等经费，弄得行人叫苦连天。

老伙计们有事消遣了，天天坐在门口，看着这项典型的工程渐渐地显出魅力，他们原来的希望只是想恢复旧貌，眼前的景观却令人瞠目结舌，哪个园林的一角，突然飞来门前！

水码头修得宽阔平整，贴水的平台可以站十几个人，石驳岸上还嵌进了石雕的虎头，这是仿古之作，是准备给游艇和船只系缆绳的。沿着石驳岸修起了长长的藤架，种着紫藤和十姐妹，这玩意儿有点现代化，像什么高级宾馆里的绿色长廊似的。设计的倒也巧妙，T字形，水泥结构，一根柱子浇铸在石驳岸边，柱子之间有水泥栏杆相连，栏杆的上半部向外弯曲，下半部像条长椅，可以坐人的。这就使得藤架的半边是架在小河上，面向各家半边是腾空的，借用了河上的空间，使各家的门前不感到逼仄。

各家门前的空地上都铺着小块花岗石，在那棵香樟树的两边造了两个花坛，花坛造得好看，椭圆形，白水泥里加了颜料，呈紫砂色，简直是两个巨型的花盆。盆内种着夹竹桃和罗汉松，还插着几块狭长的青石片，完全是仿照某种并不高明却可以点缀的盆景制成的。

附近的人都来参观，过往的人也多了一点，夜晚还有小青年跑来谈恋爱，不是坐着谈，而是一对对的伏在栏杆上面，城市里的鸳鸯也很可怜，哪里有空当便向哪里飞。麻烦的倒是那些小汽车，大街上无处可停，便拐进巷子里来停一会，因此也有人提议，要派个惹不起的老太太戴上红袖章，去收他们的停车费。

夏天又来了，夹竹桃开花，紫藤蔓延，树叶青青一片，夕阳西沉以后，各家都把小桌子、小凳子、藤椅子搬到门前花园里，吃饭、饮茶、乘凉、聊天。年轻人欢喜造气氛，拉出临时电线，把那种一长串的红绿灯系在藤架下面，一亮一熄，放流行歌曲，喝雀巢咖啡，好像坐在酒吧里。孩子们玩疯了，你叫他喊，东奔西跑，捉迷藏，抢龙尾，大人们也很放心，随他们去，反正那河边上有栏杆，掉不下去。夜晚变得十分迷人了，花影扶疏，凉风习习，红绿灯此明彼灭，孩子们的欢声笑语使人心醉。

我在小楼上坐不住了，每天都参加乘凉晚会，徜徉在这露天俱乐部里，和几位老伙计们围着一张小桌子，把浓茶喝成白开水，把那些古老的故事、当今的故事再重复几遍。

姚晓明也与民同乐，不再闷在家里写发言稿什么的，有时候也踱到我们的桌子边来，像来了解民情似的：

"各位都好吗，都在谈些什么呢？"

老伙计们忙不迭地站起来，我也不敢老三老四地坐在那里。

"姚×长，今年的夏天都在谈你！"

"喔，我有什么可谈的？"

"巷子里的人都说啦，要不是你帮忙的话，看，这露天花园怎么能造到大门口！"

"啊……话可不能这么说呀，这是按计划办事，我只是在讨论计划的时候反映了你们的意见，希望他们不要做表面文章，不要把工程都放在旅游景点，要从群众意见最多的地方着手。"

"对呀，只要你说这句话就行啦，那些人都是拎得清的。"

姚晓明笑笑："我不是早就对你们说过吗，不要性急，会看得见的，大家请坐，健康长寿。"他没有坐下来，向年轻人聚集的地方走去。

老伙计们对姚晓明佩服得五体投地，认为挑选他当大官儿的人实在有眼力。谁说他是陈世美呀，不对！他在插队的时候是有个未婚妻，长得很美，可那女人等不及，看看姚晓明还没有出息，便去嫁给一位有权有势的。有权有势的倒霉了，姚晓明却进了城，考进了大学。那女人反悔了，哭哭啼啼地来找姚晓明，要求恢复关系，姚晓明当然不予理睬，给她来了个"马前泼水"……

根据故事法的规定，陈世美不认前妻得判无期徒刑；朱买臣马前泼水当然无罪，披红戴花，扬眉吐气！姚晓明彻底平反了，好不容易！

1987年2月

临街的窗

三山街上没有山，也不能叫街，用现在的眼光来打量，只能算作一条比较宽阔的小巷，可在清朝却是通衢大道，能走八人大轿。就在三山街向南拐的地方，在那转弯角上有三间小楼。那楼大概还是清代的，楼上有一排长窗，总共十二扇，每扇有一尺多宽，却有一丈多高，两头有花板，当中嵌玻璃，梅花形的窗格棂儿衬在玻璃里。不知道从什么时候起，那十二扇长窗被一分为二，楼上住了两户人家，每家有窗六扇。窗子是人类的一大发明，它不仅可以透气，还能透出个中的许多消息：

西六扇长窗没有什么看的，引不起人们的遐想，也引不起人们的注意，里面住了一个头发花白、腰背佝偻的小老头。此人有时候也临窗生兴，唱几句地方戏，板眼十分正确，那声音却能叫人起鸡皮疙瘩的。

东六扇长窗就美了，有粉红色带黄花的丝质窗帘，轻风撩开了窗纱，可以见到一位美丽的少妇当窗梳头，那长波浪的青丝一会儿披散在双肩上，一会儿又随着那仰起的脖子甩向脑后，使得窗下的行人脚步也有点迟疑。这少妇有时候也唱几句地方戏，嗓音甜美圆润，听了叫人舒心畅气。

三山街上的人对这十二扇长窗都很熟悉，说是里面住了两家吃开口饭的。所谓吃开口饭便是唱戏，用现在的话说就是演员，时髦的职业。

那西窗里的小老头叫姚大荒，他年轻的时候也唱过戏，那是闹着玩的，票友。后来就参加了什么剧社，舞文弄墨编剧本，写写小文章什么的，据说有严重的历史问题，现在当然可以略而不提。他现时在一个剧团里当编剧兼导演兼舞台监督，人手不足时还要打打灯光，拉拉大幕，可也并不影响他的威信，他被团里的人公认是权威，在地方上也有点小名气。

东窗里的那个少妇叫范碧珍，是团里的主要演员，唱花旦的，一九八二年说是三十岁，实足年龄只有二十八岁。她的妈妈也是唱戏的，艺名叫作范妹妹。当范妹妹还是妹妹的时候，确实红过一阵子，三山街上老一辈的人都知道，那时候范妹妹进出都坐黄包车，夏天手摇檀香扇，冬天裹在狐皮大氅里。范碧珍得自家传，三岁就会唱戏，从小学里被选到专科学校里，成了地方戏剧学校的学员。"文革"初期学校被解散，范碧珍回到家里，继续跟妈妈学唱戏。多亏样板戏帮了她的忙，剧团里没有小演员，便由她来演李铁梅。

姚大荒和范妹妹共事多年，三山街上的人瞎说八道，说姚大荒年轻时迷上了范妹妹，所以才去玩票的，那传说中的故事简直像《卖油郎独占花魁》，其实都是没有根据的。不过，姚大荒和范妹妹确实是通家之好。两家合住在一座小楼上，当中只隔了一层板壁，后房门外是一条走廊，两家是通的。一个是老演员，一个是老编剧兼导演，两人同心合力培养一个范碧珍，那范碧珍的进步确实惊人，从演李铁梅开始，到演仙女，演小姐，样样都拿手，在地方上也有点小名气，常常参加各界人士座谈会。姚大荒在戏剧界里混了几十年，他知道演员没有文化会吃大亏，到了一定的时候就会没有发展，所以他还兼作范碧珍的家庭教师，教范碧珍读历史，读诗词，读《古文观止》《红楼梦》《桃花扇》，还有现代散文等。所以那范碧珍不仅会唱戏，出言吐语，待人接物，都是颇有风度的。

三山街上的人都知道，每到夜晚那十二扇长窗里就很热闹，有时是唱，有时是笑；有时候是范碧珍到姚大荒家去上课，姚大荒到范碧珍家去喝酒；有时候范碧珍突然从东窗里伸出头来："姚老师，那'钟鼓馔玉'是什么意思？"

姚大荒从西窗里探出头来："简单地说吧，'钟鼓馔玉'便是大吃大喝，铺张浪费，就像昨天晚上在你家喝酒似的。"

一老一少哈哈大笑，白发红颜相映成趣。

就在离三山街不远的地方，有一条大马路由东向西，马路的两旁高楼林立。在那林立的高楼之中有一座不大显眼的三层楼，楼下是百货商场和服装店，那不管百货与服装的文教局就在三楼上面。那三楼的临街有十一个钢窗，窗子打开的地方，里面可能是没有人，窗子紧闭的地方肯定是有人在里面开会，要不然的话，那马路上的汽车会闹得谁也听不清谁的发言。

眼下，那东头的一个钢窗紧闭，里面正在举行一个重要而又秘密的会议。参加会议的人只有四位，有一位还是上面派来的，他们正在研究领导班子调整的问题。五十九岁的汪局长被授权组阁，因为他还有一只脚踏在六十岁的这一边，而且在三十多年的文化工作中从来没有出过大纰漏。他早就表过态了，如果有适当的人选的话，他早就回家抱孙子去了，现在是没有办法，只得勉力而为。他一勉力而为其余的人就难办了，其余的人都在五十三四的左右浮动，你能动谁？谁能算是不称职，谁能算是没能力，能力是没法上秤称的。如果你说谁是不称职的话，哪，一场没完没了的官司够你缠的："退居二线我没意见，可这话是要说清楚的……"谁说得清楚呀，真的说清楚了就得伤和气。用不了几年大家都要到公园里打太极拳去了，何必弄到见面都不讲话的地步呢！不弄又不行呀，这领导班子一定要年轻化、知识化。知识化还可以对付，即使小学程度经过了若干年的锻炼，也可以相当于……可这年龄却是硬碰硬，多锻炼一年就加一岁，没法相当于的。偏偏这领导班子的调整有两个重要的指标，一是平均年龄下降了多少，二是具有大专文化程度的人增加了百分之几，实在是个难题。

那东头的钢窗整整关了三天，难题虽然没有解决，解题的办法却是十分清楚的，关键是要增加个把十分年轻的人，那平均年龄便能降低，年纪大的人便可以向年纪轻的人分寿。可这年轻的人也不好找呀，最好是能找出个甘罗来，甘罗做宰相的时候只有十二岁，大专文凭却是没有的，人们集中力量找年轻的了，不停地想出自己所熟悉的小张、小王和小李，这些小字辈都很能干，一算年龄却都是三十八九、四十大几。后来还是汪局长提醒大家："要解放思想，扩大范围，下属单位、剧团里的人都可以。"

一提到剧团时大家的精神都突然一振，不约而同地想起了范碧珍，大家都看过她的戏，也和她一起开过座谈会，都觉得这人举止大方，言行得体，只有二十八岁。她在戏剧方面有专长，是内行，将来分工管戏曲，那是名正言顺的。只是有一点不好办，她从小就演李铁梅，文化程度恐怕不是太高的。

"行！"有个人突然想起来了，去年落实政策时，那已经恢复了的戏剧专科学校也为过去的学生落实政策，承认学过四年的学生有学历，还发过一张毕业证书给范碧珍的。太好了！大专、大专，大学和专科是一样的价钱。至于专科有大专与中专之分，有人是不去深究，有人是乐得糊涂的。

东头的钢窗打开来了，参加会议的人都站到窗口来透透气，心情也轻松了点。

三山街上那十二扇长窗里却紧张起来了，范碧珍做梦也没有想到，要她去当副局长了！她听到以后吓得心都别别地跳，回来以后便喊妈妈："妈妈，不好啦，他们叫我当局长去！"

范妹妹笑了："死丫头，你大概还没有睡醒哩。"

范碧珍直蹬脚："真的！刚才汪局长找我去谈话，说是不久就要宣布的。"

范妹妹倒怀疑自己是在做梦了，她觉得局长都是大人物，都是打过鬼子、渡过江的。女儿在她的眼里总是孩子，怎么也不像个局长的样子，小女子演戏好看，坐在台上做报告是压不住场的。

"妈妈,你看怎么办哪?"

范妹妹只有一个办法,连忙乒乒乓乓敲板壁:"老姚,你过来,有要紧的事情和你商议。"

姚大荒正在构思一个不同凡响的剧本,听见板壁震天价响,慌地趿着皮鞋,叼着香烟,奔到范妹妹的家里:"什么事呀,板壁都要被你敲穿啦!"

"不好了,老姚。领导上叫碧珍当局长去,这不是逮住个驴子当马骑!"

"我怎么也不肯答应,说到后来汪局长动了急令牌,说这是组织上决定的,作为一个党员来讲,一是要想通,二是要服从,话已经说到底了,想通想不通,总是要服从。姚老师,你看怎么办呢?"

范家的母女二人对姚大荒都很信任,总以为他是见多识广,博古通今,所以两双眼睛都紧紧地盯着他,希望他像诸葛亮似的拿出锦囊妙计。

姚大荒果然胸有成竹,编剧本的人对各种社会生活总是有点儿想法的。他对调整领导班子寄予很大的希望,觉得是改革的关键,中层领导堵塞,下面的人就只能干瞪眼,空着急。他也曾想以此为题材来写个现代戏，只是觉得他们的剧种不大好表演，所以才没有动手。剧本中未能表达的愿望，却在生活中找到了表达的机会，那创作的冲动便油然而起。可那创作也需要冷静，姚大荒没有立即发表自己的意见："噢……是这么回事，你们是怎么想的呢？"

范妹妹说："我看不行，她平时说话都有点没头没脑，怎么能上台做报告哩！"范妹妹最担心的就是做报告，好像局长就是专门做报告的。

范碧珍说："做报告我倒不怕，反正是有底稿的；我怕的是能力不够，而且要放弃自己的专业，弄得不好是局长当不了，演员也当不成，驼子跌筋斗，两头不着实。"

"对了！"姚大荒把香烟屁股一摔，好像已经抓住了创作的契机，"你讲的是问题的本质，是两个实实在在的问题，第一个问题是能力，这能力是个看不见也摸不着的东西，当它还没有在某种事物上表现出来的时候，包括你自己在内，谁也不能估透。所以说这一个问题我们不作肯定，试试看，反正局长也不是终身制，能上也是能下的。"姚大荒分析得很有条理，创作的开始是逻辑思维。接下来便是形象与感情了，"第二个问题你就不能只看自己啦，你看我，两鬓斑白，腰驼背偻；看你妈，满面秋霜，体胖腰肥。我们两家搞了一辈子的戏，戏就是我们的命，命就是我们的戏。我们的命在'文革'中是九死一生，气息奄奄，现在应该振兴了，却又受到电视机的严重打击！真是命途多舛，伤痕累累，传统之艺未承，改革又在眉睫……"姚大荒撰起文来了，因为昨天晚上他刚教范碧珍读过诸葛亮的《出师表》。

范碧珍听了直点头，她能够理解其中的含义，那是负有使命的。"姚老师，你说下去。"

"戏剧事业要振兴，要能够接受电视的挑战，那就必须在继承传统的基础上进行改革。改革不是一句空话，要出人，要出戏，要领导上大力支持，深谋远虑，至少不能把我们管得死死的。如果是真正管戏的话，我们倒也不怕，可他们有些人是管乌纱帽的！你拎着乌纱帽上任去，好好地干一番事业，少掉个演员有什么了不起，工作做好了会有成批的演员涌现！你作为一个局长很年轻，作为一个演员来说已经过了黄金季节，去吧，干不了再回来，跟我学编戏！"

范碧珍拎着个小包上任去了，打开那东头的钢窗，和汪局长坐在一个办公室里，两个人面对面。

有人说汪局长不肯让位，贪图权力，这实在是个天大的误会。他所以要勉力而为是想培养出一个满意的接班人来，继承他苦心经营了半辈子的事业。他知道自己的生命有限，却希望那有限的生命在自己所从事的事业中延续下去。范碧珍年纪轻，像一张洁白的纸，他可以在这张洁白的纸上清楚地绘出蓝图，让范碧珍沿着自己的足迹往前走，把那有限的生命带向无限的尽头。他特别喜欢范碧珍，看见她坐在自己的对面便觉得高兴，觉得亲切，因为范碧珍和他那在外地工作的女儿是同年，模样也差不多。看到了范碧珍就像看到了自己的女儿，使办公室充满了一种家庭的气息，讲话也可随便："小范呀，你别着急，慢慢地跟我学。就拿学戏作比方吧，我就是你的师傅，你就是我的徒弟。我们的教学也用传统的方法，我怎么唱你怎么唱，我怎么做你就怎么做，言传身教嘛，这也是符合精神的。学戏先要背剧本，学习工作先要吃透文件。开始的时候你不要干旁的事，先坐在办公室里接电话，看文件，我已经关照过秘书科了，叫他们把有关的文件都查给你。"

　　范碧珍见汪局长十分可亲，心里自然喜欢，便说了一些要好好学习、虚心请教之类的话表示感激。

临街的窗

237

汪局长听了十分高兴，不禁伸手去拍拍范碧珍的头，像对待自己的女儿似的，突然想起了她也是局长，和自己是平级，连忙说了一句比较得体的话："好吧，我相信我们会合作得很愉快的。"

范碧珍被埋到文件堆中去了，那电话铃也吵得人够受的。电话接了一个又一个，文件看了一堆又一堆，看完了旧的又来了新的。两个星期坐下来，范碧珍只觉得腰酸背痛，耳鸣眼花，不停地打哈欠。她本来就活泼好动，天天打坐怎么吃得消呢！只好不时地把那钢窗打开，伏在窗台上看大街。大街上人来车往，响声震天，可她觉得这声音很好听，那摩托车叭叭叭地一溜烟，奔驰得也是很带劲的。

好不容易有一天，范碧珍看到了一份文件，是上面通知举行地方戏的流派大会演，要各地准备一台戏。范碧珍想练练拳脚，便向汪局长请战："这会演的工作就让我来做吧，我对剧团里的事情还比较熟悉。"

汪局长考虑了一下："好吧，这方面的工作本来就是分工给你的。可这会演是件大事，如果在会演中得不到奖，就说明我们的工作是白干的。你先把担子挑起来，然后我再教你怎么走。目前的工作先抓剧本，赶快通知姚大荒，叫他现编一台戏，姚大荒这人很有本事，但也要抓得紧，抓紧了他能一个晚上编台戏，放松了他能整年不干事体……对了，你顺便向他透个气，他的房子问题是要解决的，我是把他和你放在一起考虑，这倒不是因为你当了局长，而是作为知识分子的政策来落实的。"汪局长在放担子之前先把注意事项交代了一大堆。

范碧珍兴高采烈，回到家里便敲板壁："姚老师，告诉你一个好消息！"范碧珍把流派大会演的事情谈了，只是没有谈房子的事体，要人家干活便谈房子，未免有点太那么物质刺激。

姚大荒长长地嘘了口气，这下子他可以把一个伟大的计划付诸实现。这个计划是否伟大很难说，可他已经认真地考虑了两三年。他要改革地方戏，发挥传统戏剧在歌舞方面的特长，让它向民族歌舞剧的方向发展，节奏要加快，程式要简化，以适应现代化潮流。剧本要凝练，要写得像诗一般的美，把诗和歌舞糅合在一起，也许可以从电视机的面前拉走一部分青年。青年人欢喜沉醉于一种富有诗意的美丽的境界之中，那十二吋的方玻璃是无法满足的。

范碧珍听到这个设想就拍手，觉得是个好主意："你想写一个什么样的剧本呢？"

剧本的事儿姚大荒早有准备，要使内容和形式达到高度的统一。歌舞剧要有歌有舞，所以他决定重写西施，那西施是能歌善舞的。他写的西施也与众不同，不是一个巾帼英雄，也不是做地下工作的。她是一个美人，是美的化身，可她的一切灾难和凌辱恰恰是由美而引起的，是美的悲剧，美的毁灭。美丽的女人并不是祸水，只是那丑恶的邪念才毁了美。姚大荒要把西施写成一个真正的悲剧，他好像在哪里读到过，所谓悲剧就是把美的东西毁了给人看，从而激起人们对丑的憎恨，对美的追求。别看姚大荒是个不起眼的小老头，文艺理论他也懂一点。

范碧珍不懂这些，不懂就是不懂，她绝不因为自己当了局长便由学生变成老师，从而指示一番什么的。"姚老师，你赶快把西施写出来，我来做后勤，保证你上演！"

姚大荒这下子动真的了。他写了一辈子的戏，自己也不知道究竟是写了些什么东西，那支笔好像是捏在别人的手里。如今范碧珍当了局长，他要把笔和脑袋连在一起，写一台自己想写的戏留在人间。

从此以后，那长窗里的灯火夜夜都亮到十二点。三山街上的人听不见姚大荒唱戏，也很难见到姚大荒下楼，偶尔见到他去买香烟，迎面和他打招呼，他也好像没听见，痴痴呆呆地被自行车撞了个大筋斗。有人为他担心了，对他的老伴儿说："姚师母呀，你家的老姚有点不对，神经好像出了问题！"

姚师母倒不着急："你不懂，他在创作哩！"

"喔，创作竟有这么厉害，要把人弄出神经病来！"

"你没听说过吗，看戏的是痴子，唱戏的是疯子，这编戏的嘛，总有点神经兮兮，睡到半夜里还会爬起来呐，嘴里哼哼唧唧。爬了一辈子也没有爬出什么名堂来，到今天还挤在那一间半的小楼里。"

"快啦，迟早要给你家落实点什么东西，广播里天天在念叨知识分子呢！"

姚大荒豁出了老命，范碧珍却懂得怎么保护劳动力。她关照妈妈，每天碰巧买到一两样好菜，送点儿给姚大荒尝尝，菜的量不要多，口味要清淡点；碰巧又有人送给她一瓶好酒，几包带嘴的云烟，她是烟酒不入，请姚老师代为消灭；她关照所有的人都不得高声讲话，爬楼梯也得轻点；她家的电视机突然"坏"了，吃过晚饭便早早地睡。

那十二扇长窗里安静得很，白天好像没有人，晚上只亮着一盏孤灯，更深夜半时万籁俱寂，只听见姚大荒在轻轻咳嗽。

汪局长坐在那东头的钢窗里，看了看日历，觉得这会演的工作已经布置下去多日，怎么会无声无息，便对范碧珍说："会演的工作进行得怎么样了，时间不多啦。"

范碧珍说："没问题，姚老师正在日日夜夜赶着哩。"

"很好。"汪局长翻翻日历，"星期三的下午开个会，叫姚大荒来汇报一下剧本创作的情况，请有关的人士来听听提纲，议一议。"

范碧珍愣了一下："不必了吧，他现在还没有写好，不要去扰乱他的主意，等到剧本打印出来再开会。"

"噢，演戏你是内行，抓戏得让我来教你。剧本剧本，那是一剧之本。姚大荒能编出个剧本来，那是用不着担心的。可这人平时不问政治，对形势估摸不透，盲目性是很大的，为了避免大返工，必须从头抓起，这是我的经验。"

范碧珍没有经验，觉得汪局长的话也有道理，她好像还记得什么人讲过，戏都是磨出来的，越磨越细腻。

姚大荒又要上磨了！他刚刚写完第一场，写得还挺得意，忽然接到了局里的一张通知，那通知是打印的："兹定于本星期三下午二时，在三楼小会议室召开有关会演工作的座谈会，由姚大荒同志汇报创作提纲，希准时出席。"姚大荒看完通知就发了慌，连忙拎着通知去找范碧珍："碧珍，这这，这是怎么回事体？"

范碧珍见姚大荒的脸都涨红了，连忙说："别急，这事情我没有告诉你，是怕分散你的精力。没有什么大不了的事，汪局长想了解一下创作的情况，开个会。"

"什么人主持会议？"

"没有说起过。"

"哪些人参加会议？"

"不知道，通知是汪局长叫秘书科发的。"

姚大荒顿脚了："糟啦，又是老一套。碧珍呀，这工作不是由你抓的吗，你不能同意开这样的会，这会把襁褓扼杀在摇篮里！"

范碧珍也有些不安了，可她还得给姚大荒打气："没关系，到时你汇报得精彩点，胖娃娃人人都会喜爱的。"

姚大荒无可奈何地摇摇头："没有办法啦，西施被拉出去示众了，到时候你要高喊刀下留人！"

到了星期三，姚大荒准时到会，一看出席的人员，心就凉了半截，除掉汪局长和范碧珍之外，到会的都是几位老"磨士"，在"文革"期间都曾经为姚大荒磨过戏。

姚大荒在汇报之前就有点情绪低落，汇报起来更是结结巴巴地。他面对着稿纸会驰骋，面对着演员会说戏，艺术的光华全靠临场的发挥，面对着领导就没有词儿了，何况这场合也不对，如果在会议上连说带唱，手舞足蹈，那是有失体统的。他只能讲故事梗概了，说那西施如何的美，如何热恋着同村的一个小青年，后来又如何被范蠡发现，逼其相从，不然就要砍掉那小青年的头。西施为了保护爱人的生命，便忍辱含羞，横遭蹂躏，为的是能和爱人重新相见。最后西施又回到了浣纱溪边，却因为自己被玷污，遭人唾弃，便跳进溪水而死，企图用溪流来洗净身上的不洁……要命呐，姚大荒只用了十来分钟便说完了一台戏，他从听者的表情上也可以看得出，大概不会有人觉得他的戏有什么新意，有什么美。他记着范碧珍的话，想尽量说得详细些，精彩点，可他的《西施》是舞蹈的诗，是诗一般的戏，诗的本身就很凝练，而且谁也没有办法把《贵妃醉酒》说得像梅兰芳演出的那么美。他无法用形象感人，只得借用概念，说这戏的主题是好的，是美的悲剧，美的毁灭，可以激起人们对丑的憎恨，对美的追求，在形式上也是有所创造的。

姚大荒的注解帮不了他的忙，反而把小辫子递到人家的手里。

"形式上的创新？唔……形式是由内容决定的，不能搞形式主义。从内容上来看，西施这个题材太老了，是否值得花力气？"

姚大荒见来者不善，急忙分辨："题材不分新老，只要能写出新意。"

"我同意老姚的意见，问题是在于新意。老姚的新意新是新了，可那意义却是消极的，是受了伤痕文学的影响。西施是个爱国主义者，可老姚却把她写成是爱情至上，损害了西施的形象。整个的主题贯穿了四个字：美的毁灭。这会使观众消极悲观，灰心丧气，和我们的时代精神也是不相符的，和我们提倡五讲四美也是背道而驰的。美都毁掉了，还有什么可讲的？"

姚大荒愣了，他所懂的文艺理论到底有限，对这种醉八仙式的拳路更是无法招架的，只好眼睁睁地看着范碧珍，希望她以局长的身份助他一臂之力。

范碧珍高喊刀下留人了："同志们，大家的意见都可以提供给姚老师作参考，但要允许他按照自己的意图把剧本写出来，允许成功也允许失败。"

范碧珍的话讲得蛮有分量，也很得体。可在某些人的眼里她还是演员的形象，唱戏叫人佩服，讲话却不一定是权威，不赞成也不反对，眼睛都看着汪局长，等待他发言。

汪局长也不推辞，也没有想到要尊重范碧珍的意见："好吧，我来讲一点不成熟的意见……"

姚大荒习惯性地把笔记本掏出来，他知道，所谓不成熟的意见是不能改变的。

"……做任何工作都要从大局、从战略上来考虑问题。"汪局长向范碧珍看了一眼，这是在向她传授经验，"根据我了解的情况，人家以为流派会演就是演传统戏，都拿出了自己的保留节目和名牌演员，这一点我们比不过人家，硬拼是要吃亏的，所以我们要另找出路，编一台现代戏，即使编得不怎么样，演得也不怎么样，可在题材上就占了三分便宜，评奖的时候人家就得考虑考虑，看看他们是否提倡现代戏！当然啰，我们也要力争编得好点，演得好点，到时候说话也有力。"汪局长到底是老经验，会演就是要得奖，不必在次要的问题上争来争去。

人们一致同意汪局长的意见，他的意见虽然没有枪声，那西施已经饮弹倒地。

汪局长见姚大荒的脸色发灰，知道他不大乐意，便说："老姚，你看呢？"

姚大荒消极对抗了，这是他的老武器："局长的话很对，可我的肚子里没有适当的现代戏，编不出来。"

"没有关系，今天的会议就是要大家帮你出主意。"汪局长向众人扫了一眼，"大家都要开动脑筋，光说人家的这个不好，那个不好，好的在哪里呢？"

人们开始出主意了。编戏不同于哥德巴赫猜想，凡是会看戏的人几乎都能发表一点意见：有人主张写农民富起来，买电视机；有人主张写女子投河、男子救起，见义勇为；有人主张写残疾人的婚姻，心灵美。说着说着又相互否定，说是这些戏电视里多得很，不新鲜，是啊，什么才是新颖独特的呢……会议冷下来了，要找出新颖独特的东西可不那么容易，一个艺术家往往要花费毕生的精力！

"有了！写一个打击严重经济犯罪的戏。"

汪局长首先赞成："对，这个题材别人没有写过，在现代戏中也是先走一步的。"

"打击严重经济犯罪的事儿有情节，容易出戏！"

　　姚大荒眼看西施已经无救了，可是自己还得活下去，便拎着钢笔听人指挥，等待大家来凑戏，还是老规矩行得通，集体创作，姚大荒执笔。

　　这凑戏的事情也不简单，首先要找出个"戏胆"来，然后把各式各样的东西凑进去。找"戏胆"很不容易，有时候十来个要找五六天。可是今天十分顺利，因为西施虽然被毙了，那个胆还是有用的，只要把古代的换成现代的：一九八二年，在一个富了起来的农村里，有个姑娘叫施喜，人生得很漂亮，却受了资产阶级思想的污染，同村的一个青年爱上了她，愿意和她结成伴侣，相约发家致富，将来造楼房，买彩电。施喜拿不定主意，她向往香港的花天酒地，想去住楼房、坐汽车、跳舞外加喝咖啡。这时候来了个严重经济犯罪分子叫范里，他谎称娘舅在香港，他马上就要继承遗产去，骗得姑娘失了身，跟范里到大城市里去鬼混，同时逼着施喜用美人计，帮助范里去腐蚀老干部，搞经济犯罪。我公安人员跟踪追击，范里落网，施喜回到村里，她觉得无脸见人，便跳进滚滚的溪流。（不能结束）这时候那爱着施喜的青年正好从溪边走过，见人落水便纵身相救。施喜放声大哭，后悔莫及，青年人原谅了她的错误，二人结为夫妻……众人你一言我一语，把个戏凑得滚圆。众人凑的戏比个人想的戏好，全面。内含见义勇为、心灵美、挽救失足者、打击经济犯罪、农村富起来了、反对精神污染。十全大补，复方合剂，更可贵的是能把西施变废为宝，那姚大荒就不必有意见，他也算是凑了份儿的。

姚大荒听得眼直翻，他没有想到西施被毙了以后又转世为人，继续施展美人计。范蠡有点冤枉，成了搞经济犯罪的，但也不能排除此种可能，根据历史记载，那范蠡后来是做生意去了，很可能是倒卖粮食的。

范碧珍似乎还想发言，姚大荒却连连示意，他不想抢救西施了。一股子创作热情冷了以后，他突然感觉到原来那个伟大的计划也没有什么了不起，伟大的艺术从来就不是他干的。

范碧珍还不死心，散会以后便对汪局长提意见："我觉得姚老师原来的设想很好，也符合我们剧种的特点，为什么不让他试试呢？"

"小范呀，有些话我早就想对你说了，但是又怕影响你的情绪。现在非谈不可了，否则是要犯错误的！"

范碧珍弄不明白，工作还没有做呢，这错误又是哪里来的。

"你以为文化工作就是唱歌、跳舞、演戏，闹着玩儿的？不

临街的窗

对，这是思想领域里两条路线的斗争，是谁战胜谁的问题。最近的形势又紧起来了，你还弄什么东施西施，美的毁灭，这不是有意要毁灭自己吗？小范呀，演戏和造房子不同，房子造坏了大家都不知道，戏演坏了是要公开批判的，你有没有想过这一点！"

范碧珍的汗毛竖起来了："没……没有，我只想到那是一出好戏。"

"这是你的老习惯，从今以后要改变立场，一举一动都要从政治上来考虑问题。"汪局长怕吓坏了这个女孩子，便拍了拍范碧珍的肩膀，口气也缓和了一点，"你也不要害怕，勇敢地把担子挑起来，拿不准的地方多和我商议。"

范碧珍把肩膀向下一垂，这历史的担子怎么会如此的沉重呢！

姚大荒却轻松起来了，好像什么担子也没有。三山街上的人深夜见不到他的孤灯，白天却经常见到他下楼，还看见他站在路边看老头儿们下棋。一切正常，再也不那么恍恍惚惚的。邻里们问姚师母了："你家老姚创作好啦？"

姚师母也摸不着头脑："谁知道呀，他写着玩呢。"

其实姚大荒也没有玩，他写此种剧本是驾轻就熟，下笔如飞，一面看电视，还能一面写唱词。他把剧本写好，讨论通过，响排彩排，送去会演，也是挺忙的，可是这种忙不伤脾胃，吃得下睡得着，忙得连肚子也凸起了一点。

汪局长的战略果然有效，外加上他的熟人很多，活动有力。他们的戏参加演出之后，行家们不说好歹，只是说这样的戏不应该参加流派会演，因为它流得太远了，哪一派的影子也没看见。可在评奖的时候又不得不承认它是唯一的现代戏，哪一派都要流到现代来的，给奖锦旗一面，外加三千块钱。

汪局长十分得意，对范碧珍说："你看怎么样，老经验还是有用的。下一步要扩大影响，组织人写文章，发消息，开庆功大会。"

庆功大会上论功行赏，不搞平均主义。姚大荒得了双份儿奖，总共是八十一块钱，而且当场宣布，把他的住房在原有的基础上扩大一倍。

三山街上的人都向姚师母祝贺："我说的吧，现在的知识分子吃香了，迟早都要为你家落实点东西。这楼上的三间房子全归你啦，多舒齐！"

姚师母笑得合不拢嘴："是呀是呀，我家的老姚转了运气。"

人们也向范妹妹祝贺："还是你家的女儿有出息，当了局长就分到新工房，几平米？"

范妹妹连忙解释："不不，那房子也够不上局长级，我家碧珍和老姚一样，也算是落实的。"

人们为什么不向姚大荒和范碧珍祝贺呢？祝也祝过，可他们都好像没有听见，而且在帮范家搬家的那一天两人都流了眼泪。

那临街的十二扇长窗连成一片了，长长的一排很有点气派，里面的板壁拆掉了，房间显得明亮而宽敞。只是从此以后西边听不见有人唱戏，东边看不见有人梳头，只看见姚大荒弓着个背，在十二扇长窗内从这头踱到那头，像个大袋鼠关在笼子里。

1984.11.4